独角兽裂谷

指天峰

冰桥

隐藏的路

Text by Arthur Tellmen. Original cover by Iacopo Bruno. Illustrations by Danilo Barozzi. Graphic novel by Tommaso Valsecchi, illustrated by Stefano Turconi and Davide Turotti. Map by Carlotta Casalino Graphics by Michela Battaglin.

© 2009 Edizioni Piemme S.p.A., Corso Como 15 – 20154 Milano – Italia

© 2017 for this Work in Simplified Chinese language by Guangdong New Century Publishing House Co., Ltd.

International Rights © Atlantyca S.p.A., via Leopardi 8 – 20123 Milano – Italia – foreignrights@atlantyca. it– www.atlantyca.it

Original title: Reame perduto. Based on an original idea by Elisabetta Dami. Translation by: Gong Xingyue

No part of this book may be stored, reproduced or transmitted in any form or by any means, electronic or mechanical, including photocopying, recording, or by any information storage and retrieval system, without written permission from the copyright holder. For information address Atlantyca S.p.A.

本书中文简体字版（中国大陆范围内发行）由Atlantyca S.P.A.独家授权

版权合同登记号：19-2014-062

图书在版编目（CIP）数据

幻想王国. 6, 食人怪王国 /（意）阿瑟·特尔曼著；龚星月译. —广州：新世纪出版社，2017.1

ISBN 978-7-5583-0019-6

Ⅰ. ①幻… Ⅱ. ①阿… ②龚… Ⅲ. ①儿童文学—科学幻想小说—意大利—现代 Ⅳ. ①I546.84

中国版本图书馆CIP数据核字（2016）第119537号

出 版 人：孙泽军
责任编辑：李粒子 李世文
特约编辑：王凯波
责任技编：许泽璇
封面设计：高豪勇

HUANXIANG WANGGUO 6 SHIRENGUAI WANGGUO

幻想王国6 食人怪王国

［意］阿瑟·特尔曼 著 龚星月 译

出版发行：新世纪出版社
（广州市大沙头四马路10号）
经 销：全国新华书店
印 刷：佛山市浩文彩色印刷有限公司
规 格：890毫米×1240毫米 1／32
印 张：6.25
插 页：32
字 数：107千
版 次：2017年1月第1版
印 次：2017年1月第1次印刷
定 价：20.00元

质量监督电话：020-83797655 购书咨询电话：020-83781537

THE KINGDOM OF FANTASY

幻想王国

食人怪王国

[意] 阿瑟·特尔曼 著　　龚星月 译

6

SPM
南方出版传媒
新世纪出版社
·广州·

主要人物介绍

Ombroso翁布罗若

原名阿乌达琪，意为"忧郁的影子"，是年轻勇敢的森林精灵，受仙女女王之托，决心打败黑女王的邪恶势力，让和平重新回到幻想王国。

Robinia罗比尼娅

骄傲固执的森林精灵，森林王国的王位继承人，在森林王国解放之后决定与翁布罗若一起解放其他消失的王国。

Zolfanello小火柴

森林王国可爱的小羽龙，罗比尼娅亲密的伙伴。

Regulus莱古路斯

可爱的星星精灵，丝碧卡的哥哥，翁布罗若最好的朋友，决心陪伴翁布罗若与他并肩作战。

Spica丝碧卡

莱古路斯的妹妹，大胆的星星精灵，为了帮助翁布罗若完成使命而离开了自己的王国。她的武器是一把魔法弓。

Favilla法维拉

从被囚禁的女巫王国逃出来的年轻侏儒，被魔法变成了一只鹅。

Ginepro吉内普罗

森林王国的宫廷大学士，在森林王国被侵略的时候死去，留下了神秘的预言。

Stellarius斯特拉利乌斯

幻想王国强大的巫师，一直在与黑暗力量和黑女王战斗。

Fortebraccio弗尔特布拉齐奥

猎人在骑士岛的老朋友和第一个兵器老师。

Nevina奈维娜

居住在永冬堡的雪峰仙女，仙女女王弗洛莉迪娅娜派出保护幻想王国的守卫仙女。

Crampo克兰伯

阴险的食人怪，又矮又笨重，致力于养殖毒蝎子。

Teschiaccio骷髅头

可怕的食人怪头领，独眼，
额头上有一道伤疤，平时最喜欢
的消遣是折磨无辜的生命，不管
是小龙还是囚犯。

Urtico乌提科

克兰伯的助手，帮助克兰伯把致命毒药
隐藏在蝎子身上。

Codamozza半尾

古老而高贵的蓝龙家族
的最后幸存者，被食人怪囚
禁，因而变得凶猛野蛮。

"找到权杖",

这就是翁布罗若的使命!

毁灭这个黑女王手中的致命威胁。

但前往女巫王国的路还有多长,

没有人知道。

在翁布罗若和选择陪伴他的伙伴的头顶,

墨汁一样黑的云越积越厚。

然而勇敢的精灵,

毫不犹豫地选择了迎接自己的命运,

他们心中既害怕又渴望。

新的黎明在等待他们,

同时还有新的危险和痛苦的抉择。

在这个幻想王国最可怕的时代,

他们可能会跌入永远的黑暗。

现在我们已经知道了后来的事情,

但那时……年轻的翁布罗若知道什么呢?"

(法布鲁斯巫师《幻想王国》, 写在本书之前。)

前情介绍

　　这个故事发生在很久很久以前，那是一个神秘的时代，是英雄和巫师的时代，也是女巫和怪物的时代，探索和危险的时代。那个时代如此不幸，以至于现在的人们把它称之为幻想王国的黑暗时代。

　　故事的主人公叫阿乌达琪，在他很小的时候，黑女王的势力占领了森林王国，他被迫离开了自己的家园。他在星星王国度过了少年时代。在那里，被叫作翁布罗若的他得到了爱和一个新的家。直到有一天，为了打败邪恶势力解放森林王国，翁布罗若离开新家回到了故土。那里，他在朋友莱古路斯、丝碧卡和强大的巫师斯特拉利乌斯的帮助下，解放了被敌人统治压迫的森林精灵和他们的王国，并且还与年轻的罗比尼娅和她的羽龙小火柴建立起了友谊。因为拥有一把叫作"毒药"的神秘的剑，他做到了任何英雄都没有做到的一件事情：杀死了一个黑女王手下最危险的战士——空心骑士。空心骑士本是没有身体的恐怖盗

甲，他们拥有极其强大的战斗力，不会受伤，不会被打败，在这之前从未被杀死。

然而他的使命还没有完成。

女巫们仍然很强大，并且仍在企图占领整个幻想王国，把所有的一切都埋葬到黑暗之中。翁布罗若、莱古路斯、丝碧卡和罗比尼娅决定为了自由和光明而战。

他们和斯特拉利乌斯巫师一起出发去拯救所有消失的王国。就这样，他们来到了矮人王国。在那里，可怕的邪妖利用那些热爱和平的矮人们为空心骑士制造铠甲。于是，我们的英雄们帮助矮人们夺回了自由，并且得知黑女王最可怕的东西是她的权杖。

矮人们送给了翁布罗若"仙女的颤音"，一个具有魔法，能够削弱权杖的铃铛。

在这次旅途中，一个新的朋友加入了他们：一只叫作法维拉的灰鹅。其实她曾经是一个被迫在女巫王国当仆从的年轻女侏儒，从女巫王国逃出来的时候，被女巫的魔法变成了一只鹅。法维拉一直希望能回到她的族人中间，却不知道她所有的族人都被杀死或变

成奴隶了。在矮人王国她遇到了这几个勇敢的精灵，他们决定一起回到灰色侏儒王国，也就是现在的食人怪王国，然后继续寻找前往女巫王国的道路。

同时，斯特拉利乌斯和神秘的猎人一起在冰冷的大雪山间寻找雪峰仙女奈维娜的帮助。

这些勇敢的英雄们将要面临的事情，被法布鲁斯巫师用他的话记录在几乎被遗忘的古老的《幻想王国》中。

你们听……

目 录

食人怪和龙

第一章　树林之中

黎明到来之前翁布罗若醒了过来，他全身疲惫得好像一整夜都在奔跑。他冷得打了个寒战，睁开眼睛看了看四周，很安静。他拼命回忆前一天晚上发生的事情，但记忆很模糊。他眨了眨眼睛，身边突然有个声音说：

"他醒了……"

听起来像是莱古路斯的声音。他努力让脑子清醒过来，坐起来，搓了搓脸和眼睛。

四周黑漆漆的。

"他醒了。"那个声音又说，比之前更大声。

"对，我醒了，莱古路斯。"他试图回应那个声音，"小声点，不然会把其他人吵醒。"

莱古路斯没有回答。

翁布罗若又打量了一下周围，这次用了很长时间。渐渐地，他的眼睛清晰起来：眼前出现了许多白桦树的细树干，接着是绿色的叶子，在他头顶上一动不动。

太安静了，不正常的安静。

他的眼睛慢慢适应了黑暗，这时他看到了几个影子，蜷成一团，靠着树。

突然他想起了一个声音。这声音好像是战场上的歌声：

拔起来，肢解掉，闷死他，再劈开
生火的家伙，树林最讨厌
咬一口，撕成片儿，剁成四块，啃一口
带刀的家伙，树林不让他喘气儿
……

一阵寒流从他背上流过，太阳穴突突地疼，把他带回了现实。他记得就是听到这歌之后，一阵非常吵闹的声音让他晕倒在地。

或许他晕过去之后已经有许多个沙漏的时间了。其他人呢？

"莱古路斯！"他喊道。

没有人回答。

"丝碧卡！罗比尼娅！法维拉！"他的声音小了下来。

还是没有人回答。

发生了什么？

这时候传来一声"沙沙"响，靠着树的影子动了动。翁布罗若想走过去看看，一个声音让他停了下来。虽然头很晕，但他认得那个声音是他刚醒来的时候听到的那个，但不是莱古路斯。

"他动了。"有人在他右

边说。

另一个更粗鲁的声音从他身后传来："让他停下，不然会点起火来，就像和他一起的那些人一样！"

翁布罗若觉得自己心跳都停了下来。

"是谁？"他问，转身拔出了剑，但没人回答，于是他把剑握得更紧了，"你们把我的朋友怎么样了？你们到底是谁？出来！"

还是沉默。那些神秘的声音似乎在商量，最后一个温柔点的声音说："你……听得到？"

那声音听起来很惊讶，翁布罗若本能地往声音传来的方向转过去，但什么都没看到。

"当然能听到。"他回答。

对方停顿了一下，另一个声音说："是聆听者……聆听者来了！珑迪奈拉说过……在战败之前她说聆听者会来！你们记得吗？"

翁布罗若微微动了下。"珑迪奈拉？谁是珑迪奈拉？"他一边问，一边继续观察着周围。

"这里的仙女，保护大家不被女巫伤害的仙女。"那个温柔的声音有些怀念地说。

"够了！别说那么多！"那个像莱古路斯的声音责备道。

"你们是谁？"翁布罗若又问了一次。

"你是谁？为什么你和你的朋友会出现在这儿？"还是那个声音，听起来已经生气了。

"你不明白吗？他能听到我们的声音！"那个温柔的声音反驳道，似乎对此很高兴。

翁布罗若觉得现在虽然不该撒谎，但最好还是不要暴露太多，毕竟他还不知道和他交谈的到底是什么人。"我们只是经过这里，"他说，冰冷的空气让他打了个寒战，"我们想避开食人怪。"

"你们穿过了沼泽地？从魔法门来？"

"是的。"翁布罗若说。

"骗人！魔法门那边的王国已经沦陷了！矮人的家已经没有了。"那个严厉的声音用厌恶的语气说。

"或许现在不是了。这个时候矮人王国应该解放

了。"翁布罗若回答。

说完他后面立刻爆发出了喊叫声。

"自由了！"

"啊！"

"怎么做到的？"

"你说的，精灵，这是不可能的事！"那个严肃的声音说。

"为什么？"温柔的声音说，"他能听到我们！能听懂我们的话！为什么他要撒谎？"

"或许仙女们已经成功……"

"够了！"那个像莱古路斯的声音吼道。

其他声音消失了，变成了一阵夹杂着好奇和不快的"沙沙"声。

"你们是谁？"翁布罗若再次问道。

"我们是树人。"

"你们在哪儿？为什么我不该听到你们的声音？"翁布罗若问。

或许是很多很小的树林里的妖精……至少听起来

他们不坏，然而没有人回答他的问题。翁布罗若好像又听到他们在商量。

"所有的东西都会说话。"一个声音说。

"但不是所有人都能听到。只有同样种族的能听到，"另一个说，然后他纠正了一下，"还有仙女。"

"还有聆听者。"温柔的声音反驳。

翁布罗若给搞糊涂了。

"聆听者不会生火，不会烧会说话的木头！不会杀人也不会害人！"一个声音吼道。

翁布罗若打了个寒战，最有可能的答案震惊了他。

"白桦树！"他难以置信地轻声说。

所以声音才会从他的四面八方传来！所以在到达树林之前他就听到了这些声音：风把声音吹到了他和法维拉的耳朵里。这么说法维拉也能听到白桦树的话……但为什么其他人不能？

突然，他想起了吉内普罗的预言，心里充满了希

望：

空气向倾听者开口

倾听者也会说话

现在他就在和树林对话，吉内普罗再一次提醒了他……不过很快他从震惊中恢复过来：白桦树在等他的回答。

"我们不想伤害任何人，只是想获得一点光和热量。"他解释道，感到无数双眼睛审视着自己，他问："我的朋友怎么样了？"

"他们听不到。"一个声音说，"我们必须让他们不能伤害我们……"

"除了那只奇怪的鹅。"那个温柔的声音说，"它现在还没醒来。"

"让他们不能伤害你们……你们对他们做了什么？"翁布罗若喊道，声音里满是恐惧。

"我们必须阻止他们！"另一个声音说。

"他们还有一条龙！"那个温柔的声音补充道，想表明他们这样做是有理由的。听得出来他们有些害怕。

翁布罗若听到自己的心怦怦直跳，他尽量让自己冷静下来。"他们在哪里？"他焦急地问。

"就在你背后，聆听者。没人对他们怎么样。"那个严厉的声音说。

翁布罗若慢慢转过身，靠近了暗处一个蜷缩起来的身影：他看到了莱古路斯的脚。他碰了一下，莱古路斯立刻动了动。

"是我，别紧张。"他说着靠了过去。

莱古路斯似乎被树枝和树根做成的陷阱困住了，一张钢绳一样坚韧的嫩叶

做成的网罩住了他的嘴。

"为什么他们要点火烧光我们？"

"我向你们保证，他们没打算那么做。至少把他们脸上的树叶拿掉，我要同他们说话，确定他们没事。"

很快树叶动了，罩在莱古路斯和其他人脸上的网松开了。

"莱古路斯，你还好吗？"

"不！一点都不好！能告诉我发生了什么吗？"

"我们身上这些是什么东西？"罗比尼娅的声音响起来。

"我想是植物，木头之类的吧……"丝碧卡吸了口气，从嘴里吐出她之前一直努力在咬的叶子，接着她问："翁布罗若，你还好吗？"

"我很好，别担心……"他边说边走了过去。

"你和谁在说话？"莱古路斯问。"这里还有谁？"

"树人。"翁布罗若说。

　　"我什么都看不到。"罗比尼娅嘟哝道，"小火柴还是一动不动！"

　　"告诉我，这些家伙究竟是谁？"

　　"很快我就告诉你们所有的事情，不过现在我们需要一点光。"翁布罗若回答。

　　"你可不要点火，精灵！"严厉的声音说。"除非你能找到不用点燃树干、树皮和树叶就能照明的方法。"

　　翁布罗若叹了口气，开始想办法。

　　对了！

　　他还有张王牌。于是他说："我需要用到行囊里的一件东西，可以去拿吗？"

　　"拿什么？"罗比尼娅说。

　　"我有些发光的水晶。"

　　白桦树"沙沙"响起来，没有反对。于是，翁布罗若平静地把冻得麻木了的手伸进行囊里摸索起来。他找到了在百足山谷里捡的"冰滴"，拿了出来。

　　蓝色的光从他紧握的手中漏了出来，白桦林"沙

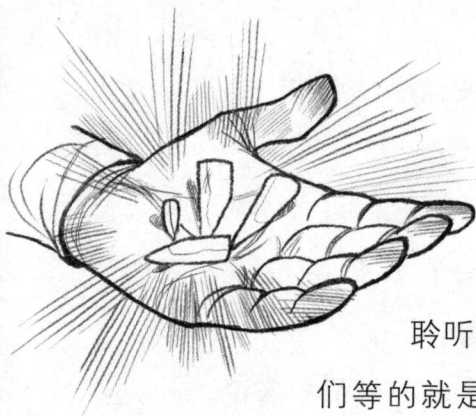

沙"响了起来，似乎都震惊了。

"我就知道！"那个温柔的声音说，"是他！聆听者！不用生火就能照明！我们等的就是他，不是吗？'月亮在手里，星星在眉间'……"

翁布罗若打开手掌，水晶蓝色的光芒笼罩了他，照亮了莱古路斯、罗比尼娅、丝碧卡冻得苍白的脸和小火柴黄色的眼睛。莱古路斯和丝碧卡额头上的星星亮了起来，翁布罗若舒了口气：他们都很好。

只有法维拉还躺在地上，不省人事。

第二章　树液为心

丝碧卡坐在地上，把脸埋到膝盖间，想让冻僵的鼻子暖和一点。通过亲身经历，他们已经知道，在食人怪王国，白天如果很热的话，夜里会非常寒冷。

水晶的光芒在他们中间闪耀着，明亮而寒冷。小火柴也被松了绑，它蜷缩在翁布罗若的怀里，而翁布罗若则需要紧紧看着它，免得它又往某处树林喷火。

法维拉醒了过来，恐惧地看着周围的树林。它们会说话，翁布罗若告诉他们。

大家都被这个事实吓到了。会说话的树林？丝碧卡不记得有哪个传说提到过。

"所以就是它们……我们在沼泽地听到的歌声……是吗？"法维拉问。

白桦林又"沙沙"响了起来，叶子和枝条在空中颤动。

"是的，就是他们。"翁布罗若说。

只有他和法维拉能够听到这些"沙沙"声中的词句。

莱古路斯揉着刚刚还被白桦树缠住的手腕，嘟哝道："它们一向是用这种方式欢迎来到这里的人吗？"

"只对想点火的人这样。"翁布罗若说。

原因很明显。

他们当时正在生火，一切都发生得太快。翁布罗若大叫着倒在地上晕了过去，法维拉大喊着让他们灭火，接着也倒了下去，头撞着了地。这样，他们还来不及说什么做什么，就被一团像绳子一样的白桦树的枝叶紧紧缠住了。然后天就黑了。

丝碧卡以为翁布罗若已经死了。她以为她自己，还有哥哥、朋友们都会死。

她不知道是不是一切都会在这里结束。她伤心地哭了。很快她恢复过来，开始反抗，试图用牙齿咬断这些绿色的锁链，挣脱出来，但没有用。她又哭了起来。最后，翁布罗若醒了过来，和树说了些什么，把她们救了出来。

"总之，"莱古路斯说，"他们究竟想怎么样？额……所有的树都说话吗？"他伸出手指着那些树枝和树叶。

远处的一些树枝动了动。

"不是所有。"翁布罗若说，"只有老树会说话。年轻的树不一样，它们不说话，但是有思想。"

"树会有思想？"罗比尼娅抬起一边的眉毛问。

树林响了起来。

"他们说他们不是树，他们是树人。"翁布罗若表情复杂地说。

"我们中没有人听说过树人。"丝碧卡插话进来，转向白桦树说道，"所

以，如果我们伤害你们的话，请你们原谅。这太奇怪了……比如，为什么我们听不到你们的声音，而翁布罗若和法维拉可以？"

树没有回答。法维拉看着翁布罗若说："你在矮人王国被冷血的刀刺伤后，开始一点点变成木头。"

听到这话，翁布罗若心里一震。没错！就在那个时候，他还记得，他听到了一棵树说话——大长老花园里的白杉。

"没错……"莱古路斯也受了启发。

"不过，"法维拉困惑地说，"不知道为什么我能听懂。"

"肯定有原因。"翁布罗若说。

法维拉耸了耸翅膀，丝碧卡猜测道："或许等我们弄清楚了树人的来历就会知道……"

白桦林轻轻响了起来，商量着，最后决定由那个温柔的声音作为代表来讲述它们的故事。少年们这才知道了他们的来历和这座森林的秘密。

"在这个王国曾经生活着一个古老的种族，灰色侏儒族。"温柔的声音说，"他们爱好和平，又吃苦耐劳。他们深深地热爱着这片土地和风暴海海边的岩石。"

"侏儒……灰色？"法维拉问。

翁布罗若看到她伸直了脖子，两眼放光。

"是的，你听说过他们吗，小家伙？"

"我……"法维拉没有办法继续说下去，她的嘴因为震惊和困惑颤抖着。

灰色侏儒族就是她的族人，虽然出生在女巫王国监狱的她对他们一无所知。

"是的，我听说过。"她回答。

"好吧，灰色侏儒族的故事就是我们的故事。我们是光荣勇敢的民族。我们的祖先在远古的战争中和伟大的英雄一起并肩战胜过邪恶势力。他们进行了漫长的旅途到达了很多遥远的地方，最终爱上了这里海边的岩石，在这里定居下来。从那时候起，我们灰色侏儒人便分成许多个小村庄在这里的大山脚下和平地生活了很多年。我们在南边种地，不过现在那里都变

成了干旱荒芜的地方。

"然后，那是很久之前的一个夏日，波涛汹涌的海面上突然刮起了可怕的带着死亡气味的大风。我们不知道这意味着什么。大家加强了防备，哨兵日夜不停地在海岸线上巡逻，但只看到天空出现了许多奇怪的云。圆形的厚厚的，颜色像血一样的红云遮住了太阳。女巫从那些云的后面骑着奇怪的动物出现了。最后，战争爆发了。

"一群群女巫尖叫着扔出了带着巫术的长矛，长矛把房屋变成了粉末，凶恶的红色蝙蝠攻击并吞食了我们的战士……

"只用了短短两天时间，大部分侏儒被杀害了。

珑迪奈拉命令那时候还清澈流动的静河，流入了地下。珑迪奈拉是保护我们的仙女，她一听到战争的消息，就赶来救援。

"我们以为一切问题都能解决，仙女会打败女巫，帮助剩下的战士们赶走蝙蝠和其他邪恶的怪物……珑迪奈拉也想这样。她召集了燕子们，燕子和黑色军团在天空中战斗了很久，黑色、白色和红色的云在空中翻涌。"

温柔的声音停了下来，好像在喘气，白桦林动了。接着那温柔的声音接着说："战斗持续了很多天。珑迪奈拉拖住了黑暗军团前进的步伐，但所有被女巫碰过的东西都死掉了，一个仙女的力量能拯救的根本抵不上被一个女巫军团所毁灭的。我们美丽繁荣的土地很快沦陷了。她们打开了许多臭气熏天的井，井里面奇怪的通道带给了我们新的死亡和痛苦。"

"魔镜。"翁布罗若说。

"食人怪从那里面出来了。我们的末日也随同他们一起到来了。珑迪奈拉投入了最大的力量，有一天，她和为数不多的战士出发去了影子湾，再也没有人看到他们回来。只有一个和她一起去的侏儒回来了，告诉我们她被打败了。没有人愿意相信他的话，但后来发生的事情证实了他并没有说谎。"

"天空中再也没有燕子，大海像红色的血迹一样泛滥开来，还在抵抗的人很快被俘虏或者被残忍地杀害，曾经的侏儒王国变成了食人怪王国。

"活下来的侏儒都成了囚犯，被链子捆着通过敌人的通道运到了女巫王国，成了女巫的奴隶。"

法维拉激动地发抖："那么这里发生了什么？"

"一小队没有投降的侏儒战士逃到了沼泽地，他们在撤退的途中找到了一条路来到了这片树林，商量如何解救俘虏，赶走食人怪。"那个声音停顿了一下，又说，"我们就是那群勇敢的战士，我们决定战斗到最后一刻。然而最后一刻到来了，却不是我们想的那样。女巫们很快离开了，但食人怪却不停地来到这里。他们在我们曾经的家园上建造了营地和恐怖的人骨栅栏！接着，从臭气熏天的井里不断运来了各种各样的蛋……"

"龙蛋。"翁布罗若说。

"没错。那时候，没有了女巫，我们认为有希望打败食人怪，便组织起来驱赶他们。我们袭击并歼灭了一个食人怪的营地。然而这让敌人知道了我们的存在，其他的食人怪军队出发追杀我们。但我们也很厉害，把敌人引入了沼泽地，那里有别的敌人等待着他们。许多食人怪死在了里面，但这些还不足以阻止他们。

"和他们一起的还有一个食人怪，女巫教给他调制某些药水的方法和一些可怕的魔法。他装死逃过了一劫，暗中跟随我们来到了我们的藏身处。在一个没有月亮的晚上，当我们睡着的时候，他偷袭了我们。我们甚至没有办法战斗，在哨兵杀死他之前，他嘴里吐出的咒语已经降临到我们身上。黎明给我们所有人准备了一个大大的'惊喜'。

"我们还活着，却不能为我们的族人和被俘的同胞做任何事了，我们再也不能向其他人诉说我们的经历……"

法维拉屏住呼吸听到这里，轻轻地说："但你们还活着……"

"最可怕的诅咒就是在你有生之年永远无法摆脱的诅咒，不要忘了这一点！死亡是平静安详的……或许可以说解脱。"白桦林暴躁地响了起来，"是的，我们活着，还很强壮，但我们只是自己的鬼魂，只能在风中诉说，只能用我们树液做的心哭泣。"

因为他们已经变成了树——白桦树。

法维拉闭上了眼睛，很久很久，翁布罗若把自己听到的都告诉了其他人。

最后罗比尼娅转向法维拉说："这就解释了为什么你能够听懂他们的语言。"

"因为他们是你的族人。"翁布罗若说。

丝碧卡点点头："我们不能用头脑听懂的话，她能够用心听懂，因为她的心和这些树的心是一样的。他们有的都是灰色侏儒一族的心。"

听到这些话，白桦林惊讶地"沙沙"响了起来。

第三章　红与蓝

　　轮到法维拉向白桦林讲述她自己的故事了。她讲述了自己是如何诞生在女巫王国，又如何为了有一天能见到自己的族人而逃离那里，尽管她对自己的族人一无所知。

　　当来到这里，发现这里已经变成食人怪王国的时候，她是多么绝望，以及后来遇到翁布罗若一行人之后她心里又是如何重新燃起了希望。

　　很快，失去了人的身体变成鹅的法维拉和在与食人怪和女巫的战斗中变成了白桦树的侏儒战士们，建立起了牢固深厚的感情。

　　他们哭泣着，讲述着其他的故事，直到第二天早上阳光透过树叶洒进了林子。

　　就在法维拉感动并震惊地听着她的族人的故事的

时候，其他几个少年离开了白桦林去寻找食用的浆果和树根。他们来到了树林的边缘，突然，空中传来一声凶猛的嗥叫。

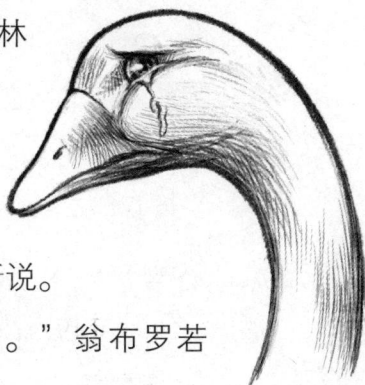

"又是那个声音。"莱古路斯说。

"是的，不过现在近了很多。"翁布罗若说。

他们听到两个号角的声音，还有许多人鼓掌的声音。

大家面面相觑，翁布罗若朝着那声音传来的方向，缓慢但坚决地走了过去。

"你想干什么？"莱古路斯冲上去抓住了他的袖子。

"我去看看。"翁布罗若回答。

"那样太不安全了！"丝碧卡走上前来说。

"要到达魔镜我们必须经过食人怪营地附近，现在最好弄清楚那里发生了什么！"翁布罗若严肃地说。

没人接话，这时掌声又传了过来。

"食人怪的人数应该很多。"丝碧卡说。

又一声嗥叫，接着是一些别的听不清楚的声音。

"是的。"翁布罗若点点头，"还有别的东西。那边有事情发生。号角、龙叫和掌声，看来他们在庆祝什么。现在正是去看看的时机，你们在这里等我。"

"想都别想。"莱古路斯说。

"我一个人更不容易被发现。"翁布罗若说。

"那你还是不能一个人去，我跟你一起。"莱古路斯说。

"还有我们！"丝碧卡和罗比尼娅也说。

翁布罗若看了看他们，同意了。他转过身，消失在树林中。

丝碧卡觉得不太安全，那些声音听起来很可怕。但尽管心里忐忑不安，她还是跟了上去。

莱古路斯帮罗比尼娅跨过一棵长满青苔的树干，然后示意其他人蹲下。他们一个个溜了过去。树林渐渐稀疏起来，山脚下的小山丘露了出来。大家缩在灌木丛中，专注地看着眼前的一幕。

　　一块平地上挤满了肥胖肮脏的身影，黑色的头盔和铠甲在太阳下闪闪发光。圆脸上的大嘴里长着稀疏的牙齿，皮毛做的长衫像波浪一样起伏着，他们中间是一个用石头围成的大圆圈。

　　莱古路斯打了个寒战，目不转睛地从树叶后面观察着。灰色的石头围成的圆圈里站着一个巨大的身影：一条高大凶猛，长着蓝色鳞片的龙。粗重的铁链把它拴在地上，长长的脖子上套着项圈，翅膀被特殊的网束缚着，不同寻常的短尾巴猛烈地拍打着地面。巨大的嘴巴被一条皮带捆着，愤怒的双眼盯着面前的一个食人怪，那个食人怪正用手中一柄带着紫色光晕的三叉戟威胁着它。

　　"他们在干什么？"罗比尼娅问。

　　没有人回答。这时候号角再次响起，鼓声震天，食人怪的人群中让开一条道路，一个穿着黑衣的食人怪牵着另一条龙出现了：深红色，优雅而恐怖，长着两条尾巴，翅膀也被网束缚着。

少年们终于明白是怎么回事了。这是一个斗兽场，很快这两条龙之间就会有一场战斗。红龙叫了一声，低下头，竖起了头顶的刺。蓝龙挣扎着从地上一下把固定它身上锁链的木桩从地上扯了出来。接着，它用极快的速度扯断了锁链，解放了爪子，咆哮起来，嘶哑而恐怖的咆哮声响彻山谷。

这就是少年们之前在沼泽地听到的声音，只是比那时更加愤怒。连食人怪都吓得叫了起来，丝碧卡害怕地捂住了耳朵。

接下来发生的一切非常快。驯龙人大声嚷嚷着离开了斗兽场，那个穿黑衣的食人怪用三叉戟刺了一下红龙，让它战斗。红龙发出一声刺耳的叫声，两条龙面对面，准备战斗。

它们的行动很谨慎，像两个经验丰富的战士一样，在决一死战之前慎重地观察着对手的动作。

突然，红龙强有力的后腿一蹬，跳到了蓝龙的身上。两条龙滚倒在地，相互撕咬起来，发出恐怖的叫声。红龙一口咬住了对手的脖子，似乎胜利在望，而蓝龙则把嘴张得更大，扭动长长的脖子，咬住了红龙的后腿，并一口撕了下来。一道红色的血喷了出来，那条腿被烧成了灰烬。

红龙挣脱了，不停地撕咬着对手的脖子，蓝龙的脖子上到处都是伤。然后它一瘸一拐地退开，朝着斗兽场边的巨石咆哮着，想离开斗兽场，但被一道魔法赶了回去。

莱古路斯的心停止了跳动。

红龙喷出灼热的气，散发着硫黄气味的烟雾笼罩了斗兽场。热气让蓝龙脚下的沙土松动了，蓝龙往后退了一下，但随后立即跳到红龙身上把它扑倒在灼热的沙土中。接着一道蓝色的光闪过，蓝龙口中吐出一道闪电，毫不留情地击中了红龙。那道闪电如此之强烈，甚至看不到火焰。蓝龙跳到了已经被烧焦的红龙

身上，大叫着宣告它的胜利，随后它全然不顾身上的伤，扑向了斗兽场四周像牙齿一样插在地面的巨石。

食人怪慌了，但蓝龙刚接触到一块石头便被震了回去，倒在了地上：为了不让龙逃跑，斗兽场周围被施了魔法。蓝龙叫了一声，接着它的脖子垂到了地上，似乎已经非常累了，好像是它战败了一样。

它那双黄色的大眼睛望着天空，口中发出了一声痛苦的呻吟。

第四章　龙之地

因为已经听到了食人怪的喊声和龙的咆哮声，所以少年们回到白桦林把看到的事情讲给法维拉听的时候，法维拉并没有感到惊讶。

"我曾经听过这样的声音……"法维拉沉重地说，"那时我从女巫王国逃出来，被食人怪抓住带到了他们的营地，我看到了一个用石头围起来训练龙的斗兽场。"

"真可怕……"丝碧卡说，"难以想象如果空心骑士的战马换成了这些龙，龙群在幻想王国的天空上飞来飞去会是什么样的景象。那条蓝色的龙……真的太恐怖了！"

大家都沉默了。

法维拉别过头，若有所思地说："他们应该也不喜欢那条蓝色的龙，因为他们从不让它离开那个斗兽场。"

"为什么？"罗比尼娅问。

"如果你们看到的就是我被装在食人怪的笼子里时听说的那条，那么就是半尾了。它被抓住的时候食人怪砍断了它的尾巴，从此以后它就变得残酷嗜血。它在与其他龙的许多战斗中幸存了下来。食人怪放它出来只是为了测试其他被训练的龙是否足够顽强和凶猛，但他们并不能控制它。"

"你们还知道那条龙别的事情吗？"翁布罗若问白桦树，他不停地想着那条蓝龙，很心痛。

白桦林发出"沙沙"声，丝碧卡耸了耸肩，她知道白桦林在回答，但只有翁布罗若和法维拉才能听懂它们的回答。

"它是最早来到这里的，比食人怪还早。"白桦树说，"那时它还是一条不到三米长的小龙。长着黄色的大眼睛，竖立的瞳孔，身子细长，鳞片是蓝色的。它的翅膀一看就是会长得很大很有力的那种。它

在很小的时候就被食人怪抓住了。之后食人怪用箱子运来了其他的龙蛋：有一些像鸟蛋，有一些像深蓝色的石头，这种蛋孵出了一窝又一窝的小黑龙……

还有些箱子冒着烟，装着像蜂巢一样的东西。但那些像灰色石头，上面有着珍珠般凸起的稀有蓝龙蛋却一个也没有孵出小龙。因此，唯一的蓝龙半尾不得不遭受食人怪的囚禁和虐待。没有人知道他们是怎么做的，但它的身体说明了一切：只剩下一半的尾巴，无数的伤痕……在难以想象的残酷折磨下，它变成了一个危险的怪物。食人怪很清楚这一点，于是用锁链捆住了它！多年来它见谁杀谁，包括那些训练它的，想和它做朋友的。它的翅膀被强大的魔网束缚着，不然它早就在烧毁这里的每一寸土地后飞走了。它不能离开斗兽场，因为周围的石头都带有魔法，形成了一个连它那样强大的力量都无法冲破的结界。现在它不再尝试逃跑，只是呻吟、咆哮、呜咽，一动不动地等待它的命运。早晚会有一条更厉害的龙将它杀死。它一死，蓝龙就灭绝了。而这些移居到这里的，曾经是玫瑰骑士坐骑的龙。现在没人能帮半尾，它心里只有死亡。只有死亡才能让它解脱……"

　　翁布罗若低头看着篝火，压抑着心中的愤怒。他的脑海中久久浮现着他父亲的形象，在森林王国的天空上，骑着一条和斗兽场中的蓝龙一样的龙在飞翔。

　　但丝碧卡一开口，他脑中的形象立刻消失了。

　　"玫瑰骑士……"丝碧卡颤抖着声音说。莱古路斯摇摇头叹了口气，接过她的话头："玫瑰骑士把他们的龙当成朋友。这个我也记得，妹妹，传说中是这么写的。不过这里，食人怪们只是强迫龙为他们服务。"

　　所有人都沉默了。

当天晚上吃过饭后，他们商量起来。他们需要一个计划，一个完美的计划。

他们必须继续前进。他们的目标是摧毁黑女王的权杖，为了达到这个目标他们必须穿过魔镜，进入女巫王国的心脏。

白桦树告诉他们有一条沿着小河的古老的路会经过斗兽场和一个叫龙鼎的地方。龙鼎是孵化龙蛋的地方，那里地表裸露，许多座冒烟的小山丘冒着蒸汽，小河的水流经那里的时候都会沸腾起来。那边有一些食人怪在看守龙蛋，等小龙破壳的时候通知其他人。有些龙破壳的时候需要湿润的环境，有些需要火，但

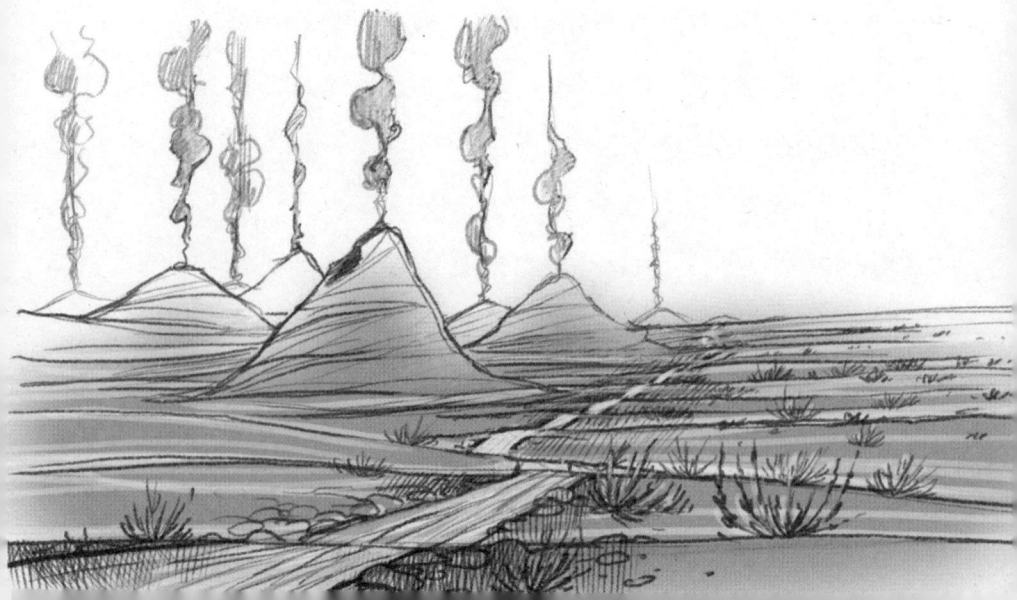

他们唯一不知道如何孵化蓝龙蛋。因此蓝龙蛋都被他们扔到一个角落里，如同一堆没用的石头。

那条古老的路通向龙鼎另一边一处茂密的灌木林，从那里继续走就是魔镜所在的地方。那里的几个水塘变成了通往女巫王国的通道。走这条路的话，他们就可以绕过食人怪的营地。

"我同意。"莱古路斯打了个哈欠说，"那么我们就从龙鼎经过。不过我们不可能一直不被发现，对吗？我想说的是……在魔镜附近我们总得暴露自己！"

"这个，我们要乔装成食人怪。"翁布罗若说。

"乔装成……成……"罗比尼娅惊讶地说。

"别人隔着一里地都能看出来！"丝碧卡说。

"没错！我们比他们瘦多了，而且帅多了！"莱古路斯扬起一条眉毛骄傲地说。

"没错，虽然是说笑。"罗比尼娅说，"我们怎么能乔装成食人怪呢？我们没有长着虱子的大胡子，肚子上也没有肥膘，更没有食人怪的制服和头盔。"

白桦林响了起来。

"他们不会发现我们的。"法维拉说,声音和白桦林的声音混到了一起。她和翁布罗若的眼睛中闪过一致的微笑。

"白桦树们知道在哪里找到乔装我们的东西。"翁布罗若说。

"没想到有一天我会把自己打扮成一个食人怪……"罗比尼娅抬头看着天嘟哝道。

第五章　面具

　　这天晚上过得很平静，这么多天来翁布罗若第一次睡着了。他梦到了父亲骑着一条凶猛巨大的蓝龙，然而随后他又梦见莱古路斯被锁链捆着，丝碧卡在朝他大喊。他醒了过来，不知道是怎么回事。他困惑地看了看四周，心烦意乱地坐了起来，看着睡梦中的伙伴们，直到太阳的光变成了温暖的金色。

　　他有一种不好的预感，关于他的朋友和他自己。

　　他发现他的担心主要是围绕着丝碧卡。

　　一开始他以为自己像担心莱古路斯和罗比尼娅一样担心丝碧卡的生命安全，但这天早上，当他看着熟睡中的丝碧卡时，他发现并不是这样。他宁愿她安安全全地待在家里，远离女巫，远离食人怪和各种各样的危险。一天又一天，丝碧卡额头上的星星已经变得暗淡无光，她的眼神也变得忧郁。丝碧卡一直在躲避他的目光，就像他躲避她的一样。到底发生了什么？

为什么丝碧卡的安全对他来说比其他任何事情都重要？

知道了答案后，他叹了口气，转过身看到了一双天空一样颜色的眼睛。他连忙站了起来，小声说道："再睡一会儿，丝碧卡，现在很安全。"

然后他便往小路的方向走去了。

丝碧卡没有继续睡，而是偷偷跟上了翁布罗若。她发现他坐在一块石头上，低着头，眼睛专注地盯着倒映着阳光的湖水。

这些天来丝碧卡一直觉得翁布罗若表现怪怪的，总是隐藏着自己的想法和忧虑。当然，他肩负的责任和经历的困难改变了他，但她跟随他，想在他身边帮助他，现在却有一种帮不上忙的感觉。或者说，翁布罗若不想要她的帮助。

她偷偷来到翁布罗若身后，吓了他一跳。

"对不起，我不想吓到你。"她说。

翁布罗若轻轻摇了摇头："没事，刚刚我只是想事情想得太入神了。"

"计划有什么不对吗？"

"没有，相反，我觉得树人们给出的建议是唯一能够让我们不被发现到达魔镜的方法。"

"没错。"丝碧卡点点头，"那你在担心什么？"

翁布罗若的脸上露出了一个微笑。"你想想有什么是我不用担心的。"他说。

丝碧卡沉默了："我们会遇到食人怪、龙和女巫，没错。不过你从来没有这样过。"

"怎样？"

丝碧卡转过头看着他："就是这样，翁布罗若，你表现得好像你是一个人在对付整个世界！"

翁布罗若没有说话，而这让丝碧卡生气起来。

"你觉得为什么我们要跟你来？难道不是为了帮你承受突如其来的压力和帮你打败女巫们吗？我们是不是朋友？你表现得好像突然不信任我们了一样！你

为什么躲着我们？"丝碧卡质问道，好像想把自己身上那些不好的情绪都一股脑儿归罪到他身上：恐惧，因为说错话的内疚，甚至嫉妒。

"我不知道你在说什么。我只是在担心！"翁布罗若反驳道。

"好吧，我们都很担心！这很正常！但是你……

你把自己封闭起来不让任何人知道你在想什么！你戴上了一个面具，把自己藏在下面不让我们看到。"丝碧卡说。

翁布罗若激动起来："你知道我心里是怎么想的吗？我不知有多希望你能够留在家里！你在沼泽地里说的话很对，我自己都不确定应该怎么做却还要为所有人做决定！你说得对，太对了！我不知道自己在做什么！只是在摸索最好的路，但每一个环境都像一个谜，每一条路都像是一个陷阱！我不希望你跟着我只是因为听从了一些莫名其妙的预言。看到你在这里，拿着弓，跟着我，我不知道这是对还是错。"

丝碧卡感觉到他言语中的愤怒，快哭了出来，但她没有，只是骄傲地抬着头用明亮的眼睛直视着他。

"我说的那些都是无心的，是女巫头发的原因。你说过是那些东西造成的。"

　　"没错。"翁布罗若说，接着他摇了摇头。"但事实是你说的都是对的，丝碧卡！自始至终都是对的！"

　　她看到他的眼里充满了愤怒和痛苦，于是试着说："不，我不信。我更不认为我应该留在家里。是的，那样我会安全，或许吧，但能安全多久？还有，"她看着不远处的一棵树说，"那样我就帮不到你了，当你回到观星台的时候，你看到的只会是一个无知的女孩，一个什么都不懂的女孩。"

　　翁布罗若转过头惊讶地看着她。

　　丝碧卡的声音小了下去，说："在你眼中我会是一个没有用的傻瓜，你不会想和我说话。你认识了能干的女孩，勇敢的公主什么的。"她说着想起了罗比尼娅，"能够与你并肩作战，当你需要的时候站在你身边的我希望是'我'。我不再是之前那个只知道在节日的时候往头发里插野花，给其他人讲故事的女孩了。"

　　"但你从没有这样过！"翁布罗若担心地打断了

她，不敢相信自己的耳朵。

"总之，"丝碧卡勉强挤出一个微笑，眨了眨眼睛耸了耸肩，一滴眼泪从她脸上滑下来，"我让你失望了，不过我想帮你，还有……"她结结巴巴地说着，发现自己已经哭了。她后退一步，擦干了眼泪，为自己刚刚说的话脸红了起来。"哎呀！"她喊道，转过身想逃跑。

但翁布罗若的手轻轻地抓住了她的手腕，拉住了她。

"你是我认识的最勇敢的女孩。我只是不想强迫你放弃一切，放弃观星台，放弃宫廷朗诵学校，就为了我这样一个面对这些困境一筹莫展的人。"

丝碧卡感到双腿在颤抖。"你是我认识的最勇敢的女孩。"他对她说。

"我们会找到办法的。"她说。

翁布罗若温柔地握紧了她的手。

吃过早饭之后，少年们收拾好了东西开始往不远处的洞穴前进。侏儒们在那里藏了一些食人怪的衣物。他们走进了灌木丛，走上了一条半掩在荆棘里的古老的小路。罗比尼娅跟上了丝碧卡。

"那么，你们的问题解决了吗？"她看了一眼队伍前面的翁布罗若问。

"你想说什么？"丝碧卡停了下来。

"拜托，谁都知道你喜欢翁布罗若。不要告诉我不是，因为我不信！"

"我？"丝碧卡结结巴巴地说。

"总之你不能否认，你本来很不开心，但今天早上跟他待了一会儿之后，回来脸上就挂着笑！"罗比尼娅狡猾地说。

"嗯。"丝碧卡承认了，脸更红了。

"你告诉他了吗？我是说，现在情况越来越糟，我们就要到女巫王国了，如果发生了什么……好吧，总之如果我是你，我希望我喜欢的男孩知道我喜欢他。"罗比尼娅说。

"可是……"丝碧卡试图说些什么。

但慢慢地她开始明白，罗比尼娅其实并不是在跟她，而是在跟自己说话。她说了一大通，一会儿反对一会儿又赞成。

"我觉得不管怎么说一个勇敢的女孩应该把事实说出来，总之，就是目前的情况？"最后她问。

丝碧卡笑了："目前什么情况？"

"所有的事实！就是你，就是他，总之……"罗比尼娅不自在地说着。

"你们两个！到底走不走啊？"前面不远处的莱古路斯喊道，"我们快到了。"

罗比尼娅被吓得像弹簧一样跳起来。

丝碧卡笑得更开心了。

"你，"她说，"准备什么时候告诉我哥哥你喜欢他？"

"嗯，什么？你哥哥？谁告诉你我喜欢那个自以为是的家伙？"罗比尼娅生气地说，一缕头发遮住了她突然滚烫起来的脸，她连忙加快了脚步。

"哎，你往哪逃？"丝碧卡笑着喊道，她摇摇头跟上了罗比尼娅，凑过去小声对她说："不要告诉我不是，因为我不信！"

罗比尼娅惊讶地看着她，张开嘴想反驳，但一个字都说不出来。

丝碧卡朝她和刚刚跳到她肩膀上的小火柴挤了挤眼睛，心想，哥哥真的太幸运了。

走了半个小时后他们来到了山洞，很容易就找到了侏儒们藏起来的几个大箱子。箱子上都是泥土、灰尘和被风吹进来的树叶。锁已经生锈，所以四个人很快就撬开了锁，把箱子打开。

树人们说的东西里面全都有。他们过于纤瘦的身材勉强套上食人怪的衣服，接着他们拿上了所有能拿

的东西回到了白桦林。整个晚
上都在试衣和准备中度过：
他们往衣服的空隙里塞叶
子，把布片和破旧的兽皮缝
到一起加长了袖子，用白
桦树的枝条编成辫子，远
远看去像食人怪的胡子。
至于跟着他们的法维拉和小火
柴，他们决定，一旦有人靠近，就假装是在树林边抓
住的。

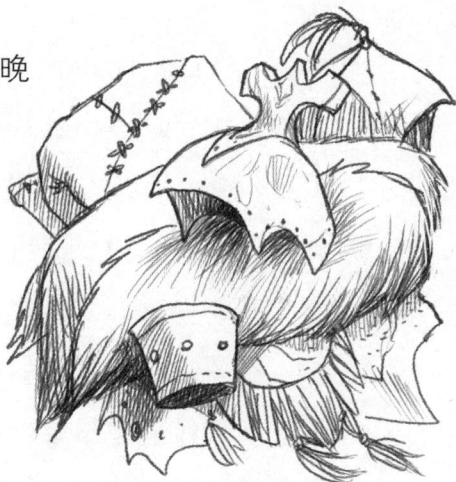

　　经过了一整夜的筹备和对路线的研究，他们准备
好出发了。

　　"谢谢你们所做的一切。"早上出发前，翁布罗
若对树人们说。

　　"不要谢我们，精灵，为我们战斗。"

　　"我们要怎么做才能让你们变回原来的样子
呢？"法维拉问。

　　"解铃还须系铃人，就算是珑迪奈拉恐怕也无能

为力，不过不用为我们担心，我们变成这个样子，和这片土地、这些山脉紧紧相连已经很久了。某种程度上我们是幸运的，知道自己对更伟大的事情有点用处，我们漫长的生命也不再显得那么悲哀。如果你们需要我们，就回到这里，我们会尽最大的可能帮助你们，不要忘了，我们的心和仙女们在一起，也不要忘了，法维拉，你是谁，你的初衷是什么。对于愿意接受我们的人来说，真相和公平是最好的礼物。解放侏儒们，如果还有的话。解放奴隶们，不管他们是谁，因为没有生命应该被奴役。"

翁布罗若又看了一眼罗盘，和其他人一起离开了絮语森林。

现在他们靠近了，难以置信地靠近了，将通往女巫王国，带他们到黑女王王座前的魔镜。

现在不能因为害怕而停下脚步。

第六章　离开永冬堡

就在翁布罗若和他的同伴们带着希望和焦急上路的时候，远在千里之外的斯特拉利乌斯、骑士和奈维娜不慌不忙地离开了永冬堡。

只有仙女认识他们走的路，就连斯特拉利乌斯和骑士这两个富有经验的旅行者，都迷失了方向。他们有时往东走，有时候往北走，然后往南走。但没有人怀疑奈维娜是不是知道路。不止一次斯特拉利乌斯注意到他们身边有一种魔法在流过，就像一条河流一样与他们擦身而过，当他回头看的时候，就感觉有些石头变了位置。

毫无疑问，这就是奈维娜说过的活石头。让它们动起来的魔法不是什么好魔法，这也是毫无疑问的。

但斯特拉利乌斯最担心的是奈维娜说到的邪恶的

云：不仅仅在永冬堡降下了魔雨，还移到了南边，在美岩城外的希望之山上降下了魔雨。他让翁布罗若他们去的地方就是那里。让他们独自去那里，他真是个傻瓜！

他正心烦意乱地想着，眼角的余光瞥到他们面前的一块大石头移动了。

"不要看它们。"这时候奈维娜沉着嗓子说，"几个小时了，它们想让我们偏离正路。"

"它们的目的是什么？"骑士问。

"其实没有什么目的，就是让我们迷路阻止我们做我们想做的事情。女巫不知道你们在这里，因为她们的魔法也不能看到这里，但她们知道这里有一个仙女。她们想毁灭仙女的守护，因为那是阻止她们占领整个幻想王国的绊脚石。"

"正是因为这样我要杀死斯特里娅。这是我的任务，不是别人的任务！没有人应该为此牺牲性命，只要还有一个玫瑰骑士活着，就能够献出他的生命！"骑士说。

仙女停了下来："你们说弗洛莉迪娅娜请求了翁布罗若的帮助。他有一颗崭新的心，没有我们的痛苦和你的挫折，骑士。或许正是因为这个原因，他是唯一能够给王国带来和平的人。女巫已经杀死了他所有的亲人，但他找到了新的亲人。他能带着悲伤想到他失去的，但也能带着感激想到他拥有的。你也要这样，骑士。"

骑士被仙女的话震住了，没有回答。

"不要忘了，斯特里娅有权杖。"斯特拉利乌斯说，"用这个，她占领了骑士岛和许多别的王国。只有那个孩子能够摧毁权杖。"

"那个权杖实际上更加可怕。"骑士说，"在毁灭了骑士岛之后甚至连斯特里娅都忌惮它的威力。那一次她胜利了，没错，但和她想的不一样。权杖杀死了一切，并没有留下任何人质、奴隶和斯特里娅最想要的：作为坐骑的龙。不过，她看到我时会很惊讶，她没有想到还会有一个自由的骑士活在世上。"

奈维娜用清澈的眼睛注视着他。"每个人都要完成自己被赋予的使命。"她慢慢地说，"来，时间不多了。"

岩石之间出现了一个台阶。

"为了到达另一边的山谷我们曾经辛苦地攀登。"奈维娜说，"不过，现在有了这条路。"她继续往前走。

巫师和骑士跟着她默默地前进，走了一整个下

午。

这天晚上，浓雾生了起来，像仁慈的保护罩一样隐藏了他们。

但第二天早上他们醒来的时候，大山展现出了它最壮丽的一面。他们离开台阶，突然转向西边，一个小小的盆地出现在他们面前，盆地里长着美丽的白杉树。在盆地中心，一个蓝色的小湖倒映着清澈的蓝天和白色的雪山。

一条蓝色的带子从湖里流出来：毫无疑问，它就是蓝天河。

第七章　无情的规定

　　树人们推荐的路很快就被证明是最好走的，并且和罗盘指针的方向一致。

　　经过一条小河后，白桦林渐渐变成了越来越稀疏的灌木林，开始能够远远地看到食人怪的营地了。少年们沿着蓝龙和红龙决斗过的斗兽场小心翼翼地行走，半尾躺在那里，蜷成一团，舔着伤口，发出短暂却让人不安的呻吟。

　　不知为什么，翁布罗若看到它还活着，感到了一丝放心，但他的放心也是因为知道这座斗兽场的石头施有魔法，能够圈住凶猛的半尾。

　　这时传来一些声音和断断续续的龙的叫声。突然，灌木林消失了，他们几乎是瞬间暴露在一块荒芜的平地上，四处都有蒸汽涌出。一堆堆的龙蛋随处垒放着。

龙鼎。

空地的一边有几个食人怪绕着岩石心不在焉地转来转去。

翁布罗若示意其他人在高高的蒿草中停下来，以便更好地观察情况。差不多是中午了，他们全部都被汗水打湿了，十分疲惫。于是大家决定等到不那么热的时候再继续赶路。他们可以利用这个时间观察食人怪。

一个帐篷旁边，一个食人怪正忙着在地上挖的洞里生火，在他周围，四处可见层层堆放的骨头和碎布。

"这里就是龙鼎吗？"罗比尼娅惊讶地看着眼前的路问。

翁布罗若点点头："是的，和树人描述的一模一样。"

"只有三个食人怪，看起来看管得并不严。"莱古路斯疑惑地说。

"他们不需要看守这里，"翁布罗若说，"因为这里只有龙蛋。"

"我们停留在这里是不是太危险了？"法维拉不安地问。

"不会，食人怪觉得自己很安全，如果我们爬到深草里面，他们就看不到我们。我们需要休息一下。"

几个小时后，他们矮着身子继续往前走，周围的昆虫"嗡嗡"直叫，高高的草刮着他们的脸。

太阳正在西斜，但炎热并没有减少。天空很清澈，只有远处的山上，几朵白色的云挂在天边。

"风吹来的气味好奇怪，是什么？"罗比尼娅这时候问。

"应该是海的气味。"翁布罗若说，他坐起来，确认了他们正在往海岸线靠近，所以他们前方的海就是风暴海。他把额头上被汗水打湿的一缕头发拨到脑后，转过身看丝碧卡。

丝碧卡看着风吹来的方向，好像在想象海是什么样子。

他觉得听到了水有节奏地拍打着海岸的声音。他们应该离海崖很近了，但一些小山丘挡住了他们的视线，看不见海的样子。

"谁知道呢，或许晚点我们会看到。"翁布罗若说。

丝碧卡笑了，额头上的星星发出快乐而好奇的光。

炎热终于退了下去。翁布罗若头上裹着一块布，从一些被烧焦的植物茎秆后面观察龙鼎。

他想起了吉内普罗的预言："唯有弓鹅龙剑，终将覆灭黑暗之师。"剑已经找到了，弓在丝碧卡手里，鹅也和他们在一起……谁知道他是不是将要找到新的盟友：龙！

就在他入神地想着这些的时候，一个食人怪大声对其他食人怪喊了几句，其他食人怪都跑了过来。少年们提高了注意力。

很快他们明白，一个蛋孵化了。

兴奋的喊声传来，法维拉激动地说："一条小龙诞生了！"

大家都打了个寒战。

其中一个食人怪跑去拿了一支长矛，让其他食人怪都闪开。翁布罗若和其他人屏住了呼吸。

靠近蒲公英的一颗蛋被长矛击中，滚了下来。蛋壳裂开来，里面有什么东西在动。一开始露出一只爪子，然后保护小龙的膜被撕裂了，一个长满黑刺的小脑袋钻了出来，暴露在下午四五点的阳光下。

小龙嘶哑着嗓子"吱吱"叫着，两只红宝石一样的眼睛睁开来打量着这个世界。

"它真漂亮，你们不觉得吗？"罗比尼娅睁大了眼睛，被眼前的一幕深深吸引了。

翁布罗若点点头，目不转睛地看着小龙，它用四只爪子站了起来，张开了翅膀，它的翅膀还是透明的，很纤弱，好像是用丝绸做的。红色的眼睛让翁布罗若感到战栗，有那么几秒钟，他感到那双眼睛在看着他，于是他谨慎地在草丛后面把身子低了下去。

"你们觉得是哪一种龙？"丝碧卡问。

"哪种都像，但又哪种都算不上。"法维拉回答，她睁大了眼睛想看得更清楚点。

"你的意思是？"翁布罗若问。

"红眼睛和火龙一样，刺和铜龙一样，黑色的鳞片和黑龙一样。不过，它的翅膀，有点不对劲儿。"

"或许太薄了。"丝碧卡说。

"我觉得还太小了。"法维拉小声说。

"总之，这条小龙是食人怪试验品中的一个吗？"罗比尼娅问。

"没错，杂交龙。"

"我的星星啊！"莱古路斯喊道。

翁布罗若看到刚刚诞生的小龙抬起了脖子，看着周围的世界。它慢慢张开翅膀，还在尝试，要打开翅膀似乎有点吃力，合上的时候，身子失去了平衡，摔倒在草地上。小龙"哼哼"了一声，重新站了起来。

食人怪交换了一下眼神，最老的那个说："控制住它！"

其他几个食人怪迅速行动起来，分散小龙的注意，这时第一个食人怪走到了足够用三叉戟刺到它的脖子的地方。一道紫色的电流流经小龙的身体，让它重重摔倒在地。小龙长着刺的头垂到了地上，它挣扎着想站起来，但更年轻的几个食人怪扑到了它身上，一个用膝盖压住他的下颌骨，另一个抓住它的尾巴。

然后他们开始把小龙抓在手里转来转去地研究，同时非常仔细地控制住了它的嘴巴、爪子和尾巴：虽然还是个幼崽，但总归还是龙，可以给他们造成很重的伤。

"呼吸很好！"把它放在手上的那个说。

"尾巴很健康！"另一个说。

第三个靠近了它的翅膀，认真地研究起来。然后他摸了摸，往上面吐口水，试图拉伸它们。小龙的翅膀在他的手中裂成了薄片。

较老的食人怪愤怒地骂起来。

"又一个失败品！这种翅膀根本不能飞！"

小龙想移动，食人怪再次举起了矛，用飞快的速度刺穿了它。

"不！"丝碧卡喊道，翁布罗若来不及阻止她。

少年们蜷缩在高高的草丛里，心提到了嗓子眼，希望丝碧卡的喊声没有被听到。食人怪看了看周围，好像听到了，但很快他们就回去做自己的工作了。

一丝微弱的烟从小龙的鼻子里冒出来，黑色的血像沥青一样滴在地上。

那个食人怪走远了，命令其他食人怪来清理干净。

在孩子们震惊的眼睛下小龙被肢解了：它的肉被扔到太阳下晒干，长着幼嫩而珍贵的鳞片的皮肤被放到一边，头和骨头加入了空地上随处可见的白骨堆中。

少年们颤抖着，移开了目光。

"我很抱歉。"丝碧卡说，"这对我来说实在太难以接受了。"

"不用担心，他们没有发现我们。"翁布罗若安慰道。

"但是为什么？"丝碧卡问，"为什么他们要这么做？我不明白！"

"你听到了。"法维拉叹气说，"它的翅膀太软了。"

"这一点就足以判定它是没用的？"罗比尼娅傻眼了，呆呆地看着法维拉。

法维拉的眼睛里闪过一丝痛苦。"女巫只想要最好的。她们要一条不会飞的龙能做什么？什么都不能。它没有用，而且只会浪费资源。它会和有用的龙一样吃东西，却没有用处，所以最好立刻解决它。"

"或许，它在成长的过程中，翅膀会变硬！"丝碧卡说。

"或许会，或许不会。食人怪和女巫没有耐心。不幸的是，即使它幸存下来，它的生存也并不会变好。你们也看到了，他们是怎么对待那些龙的。"法维拉深深地叹了一口气。

女巫王国的记忆回到了她脑海，那是她再也不想看到的，但是她却不得不回忆。那里也是充满了害怕、奴役和恐怖的地方。

"它只是一个幼崽。"罗比尼娅颤抖着声音说，紧紧地把小火柴抱在怀里。

其他人都休息的时候，翁布罗若坐着监视龙鼎。他重新从行囊中拿出吉内普罗的预言书，打开翻到了和丝碧卡一起读的那一页。斯特拉利乌斯曾经对他说过，预言里有指示和建议，但只有在需要的时候才会变得清楚。

现在就是需要它们的时候。

他慢慢地读了起来：

骑士仍须前行

劈开没有眼睛的骷髅

炽热使看不见的火焰屈服

骑士仍须前行

在汹涌的水上

展开玻璃的翅膀

不再面对死亡和痛苦

有一句他几乎忘记的话震动了他。

"展开玻璃的翅膀",他一字一顿地念。

他用手理了理头发,闭上眼睛思考起来,然后睁开眼睛看这些文字想寻找一个他忽略了的指示。但文字还是和之前的一样,翁布罗若只好咬紧牙,合上了书。那个预言印在了他的脑子里,一直到晚上都没有忘记。

因为没有那么热了,所以剩下的路途显得比较轻松,一行人很快就来到了海岸线附近的灌木丛。

一个巨大的蓝色斗篷出现在丝碧卡眼前,斗篷反射着金色的光,不停地上下起伏,好像被一只看不见的手抖动着。

　　大海。

　　丝碧卡眼睛直直地盯着海，张大了嘴巴，直到翁布罗若来到她身边，对她说："很美吧？"

　　"我从没有想过海可以这么漂亮。"她回答。

　　罗比尼娅和莱古路斯点了点头。此时黑夜正在慢慢降临，大家坐下看着大海，温习起了计划。

　　他们等到夜深了，这样在黑暗的掩护下，他们不用冒太大的风险就能靠近魔镜。那里和龙鼎不一样，看守的食人怪很多，而且武装得很好。

　　翁布罗若鼓起勇气说："到时候了。我们必须分散守卫，这样当我们扮成一小队食人怪带着一只鹅和一条小龙从灌木丛出来的时候不会吸引太多的注意。然后我们到达魔镜并用最快速度穿过它，食人怪就算发现了我们也来不及跟上我们。这是斯特拉利乌斯给我们用来打开魔镜的绿松石。"他

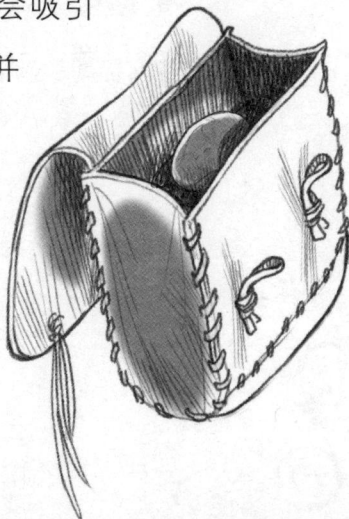

说着从行囊中拿出绿松石扔给了丝碧卡，"到时只是一眨眼的工夫。"

"你要怎么分散食人怪？"罗比尼娅问。"靠近魔镜的地方草很矮，藏不住我们。这些食人怪警惕性很高而且都有武装。"

法维拉代替翁布罗若回答了她："用一个魔法就能骗到他们。"

"一个什么？你想做什么，法维拉？"莱古路斯瞪大了眼睛问。

"我必须制造一个影子，一个类似幻影的东西。"

"什么样的幻影？"翁布罗若认真地问。

"是这样，"法维拉说，"如果我集中精力在一个东西上面，我就可以制造一个虚幻的放大的形象。"她看了看周围，说："这里，我们可以选择一块石头，一只昆虫或者……"

"一条龙！"翁布罗若说，"如果我们让食人怪相信龙逃出来了，他们肯定就会跑去抓龙，离开这里。"

"好主意！"莱古路斯
说，"他们天天跟龙蛋和成年
龙打交道，肯定不会想到
自己看到的是幻影。"

丝碧卡和罗比尼
娅表示同意。

法维拉也觉
得这个主意很好：
"没错，这个能行得
通。我需要一个小小的帮助。"

"小火柴的帮助！"翁布罗若接过她的话说。

"没错！如果小龙帮我，我们就能做到。你们想
象一下，一条巨大的羽龙，凶神恶煞地朝食人怪逼近
是不是很可怕？"

小火柴喷了喷鼻子，骄傲地摇了摇尾巴。

"好吧，看来模型本人表示同意！"丝碧卡笑道。

罗比尼娅没有说话。

第八章　真实还是幻像?

莱古路斯感到有点紧张:守卫魔镜的食人怪太多了,太近了,看他们的样子也很危险。

他正了正头盔,罗比尼娅看着他叹气道:"足够近的话他们就能认出我们!但或许在远处我们还有些希望。"

翁布罗若往脸上和额头上抹了些泥,遮住了额头上的星星,其他人照做了。然后大家在灌木丛中匍匐前进,很快就到了离影子湾最近的地方。

在他们脚下的山间平地里,借着月光下看到了两个不规则的水塘:魔镜!

法维拉害怕地吞了吞口水。

每一个魔镜附近都有三把火炬,火炬照亮了地面,还有三个食人怪在看守。

在他们身后一百米，传来海水拍打玄武岩的低吼声。

"他们人太多了！"罗比尼娅担心地说，"我们怎么办？"

翁布罗若一心希望计划能奏效，说："我们能做到。来吧，法维拉，小火柴，到你们上场了。你们准备好了，就可以行动了……"

法维拉点了点头，小火柴摇了摇尾巴，鼻子里喷出一股绿色的气。

翁布罗若紧紧抓住"毒药"的剑柄。剑颤动了。

罗比尼娅感到一种可怕的、揪心的感觉。她生长在遍布狼人的森林里，她以为自己已经习惯了这一切，但那股到处弥漫着死亡的气息还是让她觉得难以忍受。更重要的是，她必须承认她不喜欢这个让小火柴冒险的主意。而且法维拉让她感到有点不自在，她也不知道自己是怎么看待法维拉的，说到底，法维拉出生在女巫王国，从女巫那里学会了魔法，把自己的朋友小火柴交给她让罗比尼娅感到不安。她看着小火柴和法维拉一起走开，心里非常忐忑。但她也清楚翁布罗若的计划能带给他们唯一的希望。

她转过身看向平地。魔镜发出邪恶的光，到处都是食人怪。

莱古路斯靠近她，对她说："小火柴是很厉害的，相信它，不会有问题！"

罗比尼娅皱起了眉头，心想是不是自己想的事情都写在了脸上，说："是的，我知道……"

就在这个时候，黑暗中发出了一道光，接着是第二道，第三道，法维拉已经开始施展她的魔法了。

"怎么回事？"一个食人怪问。

他那野兽一样的声音让罗比尼娅打了个寒战，她本能地握紧了拳头。

"什么东西？"另一个问。

"光，那边。"第一个说，用手指着发光的地方。

接着又出现了一道光，灌木丛动了动。

接下来是漫长的沉默，罗比尼娅不知道法维拉和小火柴那边发生了什么。随后灌木丛又动了起来，一个巨大的身影出现了。法维拉制造的幻像显现了出来。

罗比尼娅认出了小火柴头上的羽毛，她不知道抚摸过多少次，突然，那张她熟悉的却又变得十分巨大的脸上，两只黄色的眼睛睁开了。

小火柴张开血盆大口，喷出火来，就像它在罗比尼娅怀中做过无数次的那样。但它的声息现在就像一只猛兽的低吼，从鼻孔往食人怪身上喷出的气就像云

一样可怕。

食人怪愣了一下，终于明白了他们面前站着的是什么东西。接下来是一片混乱。食人怪发出惊恐的喊叫，挥舞着手中的棍棒。远处的营地传来了别的声音。

趁平地上的食人怪都跑开，翁布罗若从灌木丛中跳了出来。踩着可能是食人怪放在那里的石头过了小溪。他一边开路，一边示意其他人跟上。罗比尼娅被莱古路斯拉住手往前走，她不住地回头，看着变成了巨兽的小火柴袭击和恐吓着食人怪。

同一天早上的千里之外，壮丽的白杉林终于展现在斯特拉利乌斯、奈维娜和骑士的眼前。

"这就是永冬堡最纯洁的心脏。"奈维娜说，"或者说在魔雨降临之前是这样。"

他们继续朝白杉林的深处前进，白杉林在群山的包围下仿佛一个珍贵的首饰盒。这里安静得不真实，斯特拉利乌斯和骑士跟在奈维娜身后，不久便听到了马蹄声和马喷鼻息的声音。仙女加快了脚步，两人也跟了上去，他们来到了一个小湖边。镜子一样的湖水边站着两只美丽非凡的独角兽，浅色的皮毛，额间长着长长的银角，腼腆好奇的眼睛看着他们。

　　一声马嘶响彻了山谷。

　　奈维娜走上前去用手轻轻抚摸起这两只美丽的独角兽，在它们的耳边说了些什么，两只独角兽转过身面向巫师和骑士两人，银角朝地上点了点，行了个见

面礼。

仙女笑着说："来吧，我向你们介绍科迪诺和弥塞拉。魔雨之后，它们就成了这大山里仅剩的两只飞毛腿独角兽了。在我来到这片土地之前，它们就已经在这里守护蓝天河多年了，你们完全可以像信任你们自己一样信任它们。我已经告诉它们你们需要用比风还快的速度到达遥远可怕的国度，它们会带你们去的。"她转向骑士："它会带你去女巫王国。"又对斯特拉利乌斯说："它会带你去食人怪王国，正如你们希望的那样。仅仅需要一天多一点的时间你们就可以到那里了，只是……"奈维娜停顿了一下，说："它们只能帮你到那里然后就要立刻回来。它们不是为战争而生的动物，而且对这里它们负有很大的责任。"

"没有动物是为战争而生的……"骑士苦涩地说。

奈维娜微微一笑："我不能继续帮你们了，因为它们的孩子内比奥丽娜需要有人照顾。它们离开的时候我会照料它，但仙女也有不能做到的事情。只有自然才精通其中之道……所以它们的条件是将你们带到该去的地方之后就立刻回来。"

"那是自然。我们一到目的地它们就可以回来。现在我们出发吧，时间不等人。"骑士说。

斯特拉利乌斯点点头："您也要小心，奈维娜，海绵石或许能够净化这里，但饕餮们在很长一段时间内应该还是和现在一样凶猛危险。"

"我知道。多谢你，巫师。你做的一切可能会拯救永冬堡，但毫无疑问已经拯救了我，你让已经消失的希望又回到了我的心中。我会等待一切变回原来的样子，等待你们的好消息……"说完她看了一眼骑士。

骑士伸出手来握住了她的手，低下头向她行了一个道别礼："再一次，谢谢你。"

奈维娜点点头，示意他们可以骑上独角兽了："你们要照顾好自己，幻想王国还需要你们。"

两只独角兽抖了抖美丽的鬃毛，银角在清晨的阳

光下闪闪发光，它们长嘶一声，奔驰而去。

斯特拉利乌斯和骑士经过了来时的路，但这一次没有饕餮攻击他们，饕餮们可怕的叫声消失在他们身后。

他们如树林中的风一般快，经过了奈维娜的城堡，奔向冰桥，但独角兽没有上桥，而是往东北奔去，走上了一条通往山顶的狭窄石阶。脚下的路越来越窄，直到变成了细细的一条，突然中断了，悬在空中，脚下只剩万丈悬崖和茫茫雪山。

但科迪诺和弥塞拉并没有停下也没有减速，继续飞奔到路的尽头，纵身一跃。

刹那间，斯特拉利乌斯和骑士跟着跳下了悬崖。两只独角兽张开了白色的翅膀，带着他们轻盈而迅速地越过萦绕在脚下茫茫雪山之间的云层。

很快，奈维娜所在的雪山已经被抛在了他们身后，犹如一个甜蜜、神秘的回忆。

丝碧卡的手紧紧握住系着打开魔镜的钥匙——黑色绿松石的绳子。她迅速地跟上了翁布罗若，朝平地跑去。此时巨大的小火柴已经控制了山丘，像凶狠的猛兽一样咆哮着。

离他们不远处一个拿着棍棒的食人怪跑了过来，少年们把头盔拉下来遮住了脸。"快点，你们这些胆小鬼！"食人怪喊到，"有个龙崽子跑了出来，我们得赶快抓住它！"

翁布罗若假装跟着他跑了一阵，却在半路上停下，让那食人怪自己跑远了。

丝碧卡飞奔到魔镜前，只见无数只看守魔镜的紫红色血蝠，挤挤挨挨地围在魔镜边缘，像石头一样一动不动。

看到血蝠的丝碧卡打了个寒战，鼓起勇气把手伸了出去，挂在绳子上的绿松石悬在了魔镜上方。

平静的水面出现了绿色的波纹，如同被绿松石唤醒了一般，魔镜等待着绿松石将它打开的那一刻来临。然而就在这时，黑暗中突然发出雷鸣般的刺耳尖

叫，这声音丝碧卡在星星王国听过，她的血液凝固了。

丝碧卡只来得及叫了一声："血蝠是活的！"那群黑色的血蝠已经往她身上扑了过来。

她听见了翁布罗若的喊声，用手捂住脸本能地想保护自己，但血蝠拖住了她的胳膊，她的手不由自主地松开了。

当她明白它们的意图时已经太晚了。

它们的目标不是她，而是石头！

手中的石头被夺走了。这时"毒药"挥舞到了她的周围，血蝠飞到了空中。

丝碧卡睁开了眼睛，手依然伸着。

莱古路斯和罗比尼娅跑了过来，手中握着各自的武器。翁布罗若仍旧挥舞着剑，丝碧卡本能地也想拿起自己的弓，但受伤的胳膊一阵刺痛，弓掉到了地上。

"你怎么样？"翁布罗若问。

"石头！"她惊慌失措地喊道，"它们拿走了石头！"

"快看，魔镜要合上了！"罗比尼娅大喊，只见水塘上水波翻涌。清晨的阳光照到海边的岩石、平地、灌木丛上，给它们染上一层玫瑰色，阳光穿透了小火柴巨大的身体。

食人怪们没有立刻反应过来，但一瞬间幻影就变成烟雾消散了。

平地上顿时充满了凶恶的叫喊，食人怪们愤怒了。

"入侵者！"有人嘶哑着嗓子恶狠狠地喊道。

此时，仅仅打开了一半的魔镜关上了。

"太晚了！现在怎么办？"丝碧卡问。

翁布罗若紧紧握住手中的剑，心跳到了嗓子眼。

此时食人怪已如滚滚乌云一般向他们扑了过来。

·〜·

骷髅头

第九章　被俘

　　翁布罗若醒来的时候早上已经过去。他和同伴们被拖到了一个又脏又臭的帐篷里，周围有什么东西走来走去。

　　他们被俘了！

　　为什么，他从一开始就不明白，为什么弗洛莉迪娅娜要把拯救幻想王国这样艰巨的任务交给他，而他为什么又接受了？

　　他太自负了，满以为自己真的能做什么……看看现在，他什么都做不了，既没有力量也没有勇气。

　　在他的脑中不断地出现如同雪崩一样涌到他身上来的食人怪，随时准备着把他们撕成碎片。

　　他们乔装的衣服被撕成了碎布，现在他们只是四个戴着锁链和脚镣的年轻精灵，手举过头顶，和其他已经死了的俘虏一起被吊着。那些侏儒的尸骨吊在生锈的锁链上，似乎已经被遗忘。

翁布罗若把视线从一个眼眶空空的似乎在嘲笑他的头骨上移开。他转过头，对自己充满了鄙视。

就连斯特拉利乌斯也错了，他太相信他了，交给了他太多东西……太多了。他一旦被俘，这些东西都失去了。

行囊，在里面放着罗盘和仙女铃铛，都已经被抢走。

打开魔镜的石头也不见了，被血蝠从丝碧卡的手中抢了去，丝碧卡的胳膊也受了伤。丝碧卡已经停止了流血，头靠着一根柱子吃力地移动着手。

他们都像狮子一样在战斗。

他呢？他做了什么？

他挥舞"毒药"，好像单单一把剑就足以特别到可以解决十个，五十个，一百个像蝗虫一样涌来的凶猛食人怪。

他打倒了很多食人怪，没有数到底多少个；他们的尸体堆积在地上，在他面前，让他觉得恶心。但之后，他受袭失去了平衡，接着一群敌人在一瞬间淹没了他。

食人怪们折断了罗比尼娅的箭，莱古路斯耗尽了最后一点力气，打倒了一个又一个敌人。用来伪装的盔甲被食人怪从他们身上扒下来，食人怪愤怒而憎恶地吼叫着，扑到了他们身上。

就在那个时候，翁布罗若以为所有人都死定了，他大喊着挡在了他朋友们的前面，额头上的星星发出了炽烈的光。

食人怪被震惊了，吓得停了下来，不安而寂静地包围了这块空地。

但仅仅持续了一、二、三、四、五……

很快空气被可怕的喊叫声撕裂，敌人淹没了他们。他们被抓住了，成了囚犯。钢筋一样的绳子绑住了他们，敌人抢走了他们的武器，重要的行囊，把他们带离了魔镜。没有希望了。

他们没有像想象中的那样被杀，而是被拖到了用巨大的龙骨做成的栅栏里面。

翁布罗若的脑海中只有一个想法。

法维拉和小火柴还在外面，还没有被抓。

法维拉也不知道怎么样才能阻止小火柴的幻影消失，现在小羽龙躲一个长满刺的灌木丛中，脸放在前爪上，小小的翅膀瘫软在背上。

不远处的法维拉吓得脖子藏在翅膀下面。现在怎么办？

翁布罗若、罗比尼娅、丝碧卡和莱古路斯在矮人王国救了她的命，现在轮到她帮助他们了，虽然只想逃跑，回到白桦林中，然后继续逃跑，逃到一个足够远的地方，远离这些坏人、痛苦，还有折磨。

但现在这不可能。

翁布罗若和其他人打动了她心中的某个东西，这个她不可能忘记。他们选择为别人战斗，没有要求任何回报。现在到了她选择的时候了。

事实上她同意跟随他们一起走的那一天她作出了选择。当和他们并肩战斗的时候她也作出了选择。现在她要再次选择，她不知道要怎么做才能救出他们。

她抬起头，悄悄地擦干了羽毛上的泪水。她必须冷静地思考。她来到小火柴身边，用嘴在它的头上温柔地抚摸着。

"不要再伤心了，我们必须做点什么。"她说。

小火柴从没有如此垂头丧气过。它抬起头看着她。

"我们还活着，没有人知道我们在这里。"法维拉继续说。

小火柴抬起头，"哼哼"着。

"你想从食人怪的手里把罗比尼娅救出来吗？"她问。

小龙叫了一声，法维拉笑了笑。

"那么我们就必须想办法帮助他们！"她坚定地

说，"食人怪应该非常迟钝，斯特里娅总是这么说。所以，我们行动起来吧！"

小火柴喷了喷鼻子，表示赞成。

半天过去了，少年们依旧沉默着，只有龙的声音时不时传来。他们太累了，太悲伤了，以至于感觉不到害怕。

突然传来几声喊叫，关押他们的小木屋上用兽皮做的门掀开了，阳光像一把刀一样照了进来，一个巨大的黑色身影出现在门口。

一股恶臭充满了小木屋，翁布罗若抬起头咬紧了牙关。

在他身后又进来了三个小一点的食人怪，臭味变得令人难以忍受，莱古路斯实在受不了，露出一个想要呕吐的表情。

"这里的头儿，就是他！"一个小一点的食人怪用很重的鼻音指着翁布罗若说，"就是他头上发出的那种光！"

那个庞大的食人怪走了过来，低下头打量翁布罗若。翁布罗若发现他凶恶的大脸上有一只眼睛是灰暗的、瞎的。他粗糙不平的脸上用炭灰画了几道条纹，额头上有一道斜着的伤疤，这让他的脸看起来更吓人，一头油腻腻的浓密头发绑在头顶。

"你！"食人怪的声音响起。

巨大的手粗鲁地抓起一缕遮住了翁布罗若的额头的头发："你是什么族的？"

尽管害怕，翁布罗若的嘴角还是露出了一丝嘲笑："我以为只有一只眼睛的食人怪也能够认出精灵来。"

大食人怪发怒了，猛地一扯他的头发，想让他疼。他成功了，但翁布罗若没有发出一声呻吟。

"你是哪种精灵？"食人怪又问，很明显不适应一个囚犯对他的取笑。

"精灵就是精灵。不管隔多远精灵都是一家

人。"翁布罗若不屑地回答。

食人怪的咆哮让他起了一层鸡皮疙瘩，他被重重地打了一拳，几乎不能呼吸。"闻到那些精灵的臭味我就能认出那些和你一样的东西来。好好给我说话。我只用一只手就能把你捏死，小虫子！你额头上之前有东西在发光……现在回答我！"

翁布罗若依然看着他的眼睛："我来自很多地方……"

食人怪又咆哮起来，声音低沉而恐怖，但这一次翁布罗若没有害怕。

"你从哪里得到这个？"食人怪指着另一个随从的食人怪手中用一块脏布裹着的"毒药"。

"我捡的。"翁布罗若答。

"在哪捡的？"

"一座山上。"

哪座山？食人怪的声音抬高了。

"我不记得了……反正没人要，对我有用，我就捡了。"翁布罗若用无所谓的语气说，看了他一眼。

　　"对他有用！"较瘦的一个食人怪用讥讽的口气
说。

　　"他就捡了！"另一个"呱呱"叫道。

　　领头的那个"哼"了一声，其他人住嘴了。

　　"你怎么做到的？"他问，认真打量起他来。

　　"用手啊！"翁布罗若说，"不然呢？"

　　食人怪的反应非常可怕。

　　他一拳打在翁布罗若的胸口，把他像布娃娃一样

提了起来往柱子上撞，用满是肌肉的前臂把翁布罗若的脖子掐住。

翁布罗若想反抗，但手被锁链绑住了。

"碰到它的人都会死！"食人怪喊道，口水喷了出来，脸离他的脸只有一毫米，那只没有瞎的眼睛燃烧着野蛮的光，"这把剑被诅咒了！是你下的诅咒吗？"

翁布罗若想说话，但呼吸困难："精……精灵不会诅咒任何东西……"

"你也不知道这是什么，是吗？"

"是把剑。"他气喘吁吁地说。

食人怪放开了他，离开一步，像野猪一样喘起气来。然后他冷笑起来。

"愚蠢的精灵……这是一把剑，没错，但是一把消失了很多年的剑。一把这样的剑曾弄瞎了我的眼睛，精灵！这是一把命运之剑！"

翁布罗若看着他。这个食人怪清楚地知道他说的是什么。

"用这个？"他假装没听懂。

"命运之剑和该死的骑士同生共死，所有人都知道！我就杀了至少十个……"他冷笑道。

他背后的食人怪连忙点头附和。

"为什么这把剑是完好无损的？"他咆哮道。

"我怎么知道？或许这不是一把命运之剑！"翁布罗若说。

"或者这把剑的主人还活着！"后面一个小一点的食人怪瓮声瓮气地说。

领头的食人怪一把抓住他的脖子狠狠地推到翁布罗若面前，让他好好看看那把剑。

翁布罗若眨了眨眼睛。

"看看这剑柄上刻的是什么！看看！"食人怪吼道。

翁布罗若看到了之前没有注意到的一个东西。

在剑柄上刻着一个标记，因为金属磨损太厉害，他之前从没

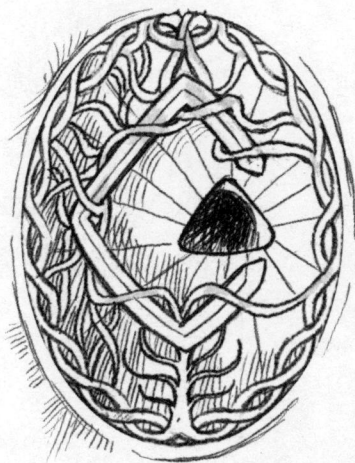

有注意到。

是用幻想王国古体字写的一个字母：C，中间是一颗黑色的三角形石头，那是一颗黑曜石。

翁布罗若的心惊了一下。C应该就是他父亲名字的第一个字母，郭尔德纳琪！不过他扮了个鬼脸，表示没有兴趣，然后看着食人怪。

"又怎样？"他假装毫不在意地问。

食人怪猛地把他提起来，掐住他的脖子，锁链叮叮作响："所以这就意味着他还活着……你知道我说的是谁对吧？"

"不知道……你说的是谁？"翁布罗若吃力地说，几乎不能呼吸。

"那个弄瞎了我眼睛的人！该死的东西，他该死的眼睛，该死的灵魂！他的名字叫郭尔德纳琪！他跟着我……他还跟着我！你知道他什么？嗯？你都知道什么？"

翁布罗若努力想呼吸，但没有成功，食人怪放松了一点，让他能够回答。翁布罗若露出一个微笑。食人怪见过他的父亲……似乎所有人都认识他的父亲，除了他，他苦涩地想。但他记得骑士在他们离开美岩城的时候跟他说过，不要对任何人透露他的真实身份，什么都不要说。食人怪更加愤怒，收紧了掐着他脖子的手。

"他死了！"翁布罗若说。

"死了？"食人怪啐了口痰。

"我看到了他的骨头在剑的旁边。我不知道他是谁，反正他死了。"

钢铁一样硬的手指刺进了他的脖子，他不能呼吸了。翁布罗若发现食人怪准备杀死他，他的腿垂了下去，胳膊没有了力气，肺像着火了一样。

"他应该在死前把剑传给了别人。"一个随从的食人怪说。"是吗？骷髅头首领？不然那把剑应该碎掉！"

骷髅头首领咯咯笑了起来，望向翁布罗若。"他把剑传给你了！不过……等等，他不会把剑给任何一个精灵！你……你是那个该死的骑士的儿子！"他吼道，终于明白了。

翁布罗若在他的盛怒之下如同一个手无寸铁的木偶。他的视线模糊了，他想集中最后一点力气反抗，这时一个声音打破了沉默："如果你说得没错，杀了他剑就会碎！你自己说的！"

是丝碧卡。

"他活着才对你有用！"莱古路斯说，他的脸被打得青一块紫一块的。

大手松了松，翁布罗若的肺又呼吸到了一点氧气。

"让他活下来，我告诉你关于这把剑的一切！"丝碧卡继续说。

"不！"翁布罗若无力地反抗想阻止丝碧卡继续。

但已经太晚了，她已经开始说。

"那把剑有毒……是一只蝎子的毒。除了他没有人能够拿那把剑而不中毒，因为他用那把剑杀了一只蝎子。你们没人能够拿起那把剑！"

食人怪的嘴张大了，眼睛在眼窝里打转，思考着。一瞬间翁布罗若感到他无论如何死定了，现在食人怪知道了他想知道的东西。然而，令人惊讶的是，大手松开了，庞大的食人怪那可怕的脸上露出了一个笑容，或者说冷笑。

"佩勒奥萨，叫克兰伯和乌提科来！"骷髅头首领吼道。

他身后一个一直在边上晃荡的食人怪往后一跳，消失在小木屋外。

"你，卡罗索，把剑拿出去，放在大广场上，把这些人也带过去。我想让这位小姐，看看食人怪的力量！"骷髅头首领说。

他走出去后，翁布罗若才真正明白他还活着。

但还能活多久呢？

第十章　克兰伯和乌提科

　　精灵们被拖了出来，营地里耀眼的阳光刺得他们睁不开眼睛。

　　翁布罗若实在想不出逃跑的办法。周围的食人怪太多了。何况他们没有任何武器，也没有装着罗盘和铃铛的重要行囊。就算他们逃出去了，也不知道下一步怎么做。

　　"对不起。"丝碧卡说，几个食人怪把她用锁链绑在了离翁布罗若不远处的柱子上，"我……我不能看你被杀死。"

　　翁布罗若的喉咙还像被火烧着一样，他摇了摇头，发现丝碧卡脸上虽然满是泪水，但她的表情却很坚定。他没有责怪她。

　　罗比尼娅开口了："那只是个战术。他不会杀他的，如果他真的想要那把剑，他就不会冒险让它碎掉！"

"你怎么知道。"莱古路斯说，他眯着眼睛，阳光太刺眼了。

"好吧，我也不敢保证，我只知道我们现在情况很糟糕！"

"我们的情况一直都很糟。"莱古路斯说。

"现在更糟！"罗比尼娅指着放在广场中间一块石头上的"毒药"说，"如果我们丢了它，我们就完蛋了！难道要我提醒你们那是唯一能打败空心骑士的武器？没有那把剑我们没有希望能幸存下来。就算我们能够从这里逃出去。"

她的声音回荡在广场上，周围一片寂静，叫卡罗索的那个食人怪，虽然看起来昏昏欲睡、心不在焉，但一直提高着警惕，他大喊道："原来这就是这把剑的秘密！多谢你们告诉我，愚蠢的小精灵！"

他一边说一边去汇报他听到的东西了。

"真有你的！"莱古路斯讥讽道。

丝碧卡看看翁布罗若。或许她太天真了，没错，但似乎这对他来说并不重要。她感觉和以前一样，翁布罗若走在他们的前面，想的不是目前发生的，而是之后应该发生的事情。翁布罗若正看着"毒药"，好像知道什么被他们忽略的事情，她也望向了那把命运之剑。她从来没有像现在这样觉得那把剑真的决定着他们的命运。

"毒药"绿色的光在太阳下闪耀，翁布罗若目不转睛地看着绿光，忧心忡忡地思考着该怎么办，但他脑海里蹦出来的想法都很快像火花一样熄灭了。他们唯一的希望就是法维拉和小火柴了。

还有别的关于"毒药"的一些事情他们没有说。

或许还没有完全输掉。

他吐了口气，喉咙很痛，他转动眼睛看了看平地周围，平静地想，不，还没有结束。只要还有一线希望一切就还没有结束。

法维拉看到她伤痕累累、筋疲力尽的朋友们被食人怪像拖麻袋一样拖着，感到揪心的疼。她很清楚地记得那股恶臭，记得她经过这里，以及被抓住时内心的恐惧。

她一摇一摆偷偷上前几步，尽量不被食人怪看到。小火柴静静地跟着她，在小木屋一角一个帐篷的边上，从一个阴影处溜到另一个阴影处，时不时地踩到营地里到处都是的污秽中。它们两个的羽毛都脏兮兮的满是灰尘，既疲惫又害怕。

从食人怪谈话的片段中，它们知道了他们在说的是一把剑。

"'毒药'。"法维拉说。

要进入营地并不容易，要从里面出来更难。但奇

怪的是，她想的并不是这个。她脑袋里只有一个问题：要怎样才能救出她的朋友？

一群食人怪笑呵呵地咬着滴油的烤野猪，她跟着他们偷偷溜到一个大帐篷后面。她绕了一圈，看到了广场。

广场中间的地上，"毒药"发出绿色的光，丝碧卡、莱古路斯、罗比尼娅和翁布罗若被锁链绑得高高的，在太阳底下炙烤着。

法维拉示意小火柴不要出声，小羽龙靠着帐篷来到她身边，用黄色的眼睛看着朋友们。

"现在我们先观察情况。我们必须等待合适的时机。"她说。

这时候食人怪们让开了一条路，两个身影出现了：一个又胖又矮，一把短胡子扎了起来，戴着长长的项链和绿色的头巾；另一个没有戴任何首饰，除了一顶和之前的食人怪相似的帽子。

"伟大的克兰伯来了！谁这么匆忙地请来了伟大的克兰伯？"其中一个食人怪说。

　　这时骷髅头首领出现了。他戴着一个用一条红龙的头骨做成的王冠，竖起的骨刺在头顶像光环一样散开，油腻腻的长头发披散到肩膀上。

　　所有的食人怪都安静地等着。

　　"我叫你来的！"骷髅头首领不满地吼道，"如果你不来，我就让人把你拖出去，活剥了你的皮！"

　　围观的食人怪转过去看克兰伯的反应。他朝地上啐了一口痰，好像根本没听到这些威胁的话。

　　"我只有一句话，就是我的小宝贝们会让你吃够苦头。"他说着，一只小蝎子从他的助手乌提科头巾上钻了出来。

　　"最好明白，我现在要做的第一件事，就是拔掉你的舌头！"骷髅头首领吼道。

克兰伯大笑起来，接着，骷髅头首领也笑起来。停顿了一下之后，食人怪群中也发出阵阵大笑，好像这两个人不是在互相威胁，而是朋友间在打招呼。

"你想做什么？"克兰伯说，"叫我的助手把我可爱的小东西们放出来，给你的犯人做伙伴？"

接下来又是一阵大笑，听得法维拉血液都凝固了。

"不用那么快。"骷髅头首领高兴地说，"我首先要你告诉我的客人们，食人怪不是他们以为的傻瓜。"

"我很乐意。要我怎么做？"

"他们中有一个人有那把剑，你信吗？"

"不要告诉我是个精灵。"

"我们抓住的那个少年，他杀死了十二个我们的人。"骷髅头首领上前一步说。

从营地的食人怪群中传来一个声音："是的，首领。我亲眼看到！亲眼看到！"

翁布罗若用骄傲的眼神看着骷髅头首领和克兰伯。太阳烤得地面滚烫，铐着手腕的铁链子也被烤得滚烫。

"所以，那个就是玫瑰骑士？这就是他的命运之剑？"

"没错，这就是命运之剑，要使用它，他就必须是一个玫瑰骑士。"

"没错，没错。"克兰伯说。

"其他几个呢？他们有什么武器？"乌提科问。

"全是垃圾，外行的东西！我只对这个有兴趣！"骷髅头首领说。

"好吧，你已经得到了，不是吗？"克兰伯无所谓地说，"你要我干什么？"

"仔细看看它！"

"怎么了？有什么特别吗？"克兰伯走近了"毒药"。

"是绿色的！"乌提科喊道。

"没错。"克兰伯一边打量一边说，"没错。"

"这绿色就和蝎子……"乌提科说。

然而他主人愤怒的眼神让他不敢继续说下去了。

"怎么会变成这个颜色的？"

"看起来这个少年干掉了你的一个小宝贝！"

克兰伯的脸色苍白了，显得更加可怕和恶心。他像准备袭击的蛇一样发出"嘶嘶"的喘气声："所以，你准备要我做什么？"

"我的两个手下因为拿了这把剑死了，死状凄惨。我想知道这上面到底是不是蝎子的毒，是不是因为这个才让摸它的人丧命。"

"只有最烈的毒才能渗透金属。没错，很有可能是我的一只巨蝎的毒。我可以确定，除了合法的拥有者，其他任何摸它的人都会死。"克兰伯看着骷髅头首领说。

"任何人。"骷髅头说，"除了对蝎子的毒免疫的人！比如你。"

"所以你想用我的命来证实你的说法是不是正确？"

骷髅头首领笑了，一串口水从嘴里流了出来："你不是唯一一个对蝎毒免疫的人吗？"

"唔，如果我做到了，

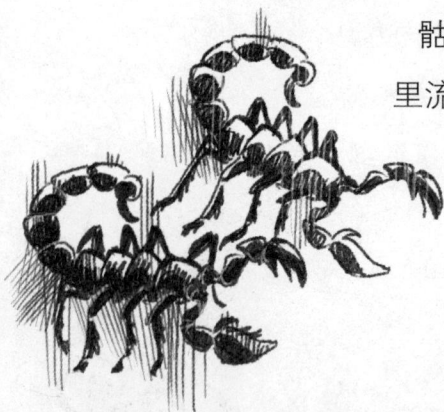

你得到那把剑，我得到什么？"

"你可以告诉斯特里娅，你杀死了最后一个玫瑰骑士。"

克兰伯抬起下巴，在灼热的阳光下眨了眨眼睛。"好，我喜欢这个主意。"他阴险地笑道，然后命令，"乌提科！"

他的助手战战兢兢地站了出来，被这个歹毒的计划吓得发抖。

"去拿那把剑！"他说。

"我的大人，我……"

"我命令你，你就得照做。"

"但……我可能会死。"他结结巴巴地说。

"你是养蝎子的，对蝎毒免疫，不是吗？和我一样，你不会有什么事的。"

"可是……"

"你不去我就杀了你，马上。"

乌提科吞了吞口水，只得从命了。他走近那把剑，眯着眼睛打量着，然后搓了搓油腻腻的手，试着鼓起勇气去触摸它。最后，他颤抖着伸出了被汗浸湿的手。

一片死寂。

翁布罗若看着眼前的一幕，几乎感觉不到心脏的跳动。

太阳很高，没有影子。

他身边的丝碧卡放慢了呼吸，另一边的莱古路斯吞了吞口水。

乌提科非常不情愿地抓住了剑柄，然后他把它举了起来。

短短几秒钟内，所有人都屏住了呼吸。

"这不可能。"莱古路斯说。

"不！"罗比尼娅喊道。

翁布罗若惊呆了，看着那个食人怪抓着他的"毒药"，把它举到了空中。

乌提科挥了挥"毒药"，转向克兰伯狂喜地说："我还活着！我还活着！"

食人怪中爆发出一阵欢呼。

第十一章　新命令

食人怪的快乐只持续了几秒钟。乌提科把剑尖放到地上，翁布罗若感到一阵轻微脉搏从剑传到了他身上。

"放下，不然你会死！"他嘶哑着嗓子喊。

无数双眼睛朝他看过来。

"真的吗？"克兰伯说着走近他，"小东西，无足轻重的精灵，你很沮丧，是吗？"

"告诉他放开剑。"翁布罗若咬紧牙说。

"当然了。"克兰伯邪恶地说，"你不喜欢，对不？"

"只是给你一个警告。你们中没有人知道那把剑的真正力量！"翁布罗若回答。"毒药"的真正力量连他也不清楚自己是不是真的知道。

克兰伯的眼睛发出凶恶的光，但没来得及反驳，广场中间就传来一声惨叫。

乌提科的脸上露出恐惧的表情。

法维拉也屏住了呼吸。

"毒药"开始改变形态。翁布罗若在矮人王国被冷血的匕首刺中之后差一点变成了木头，与主人的命运不可分割的"毒药"，也得到了变成木头的能力，能变成有生命的、强大的木头。

它正是这样做的。

一根根浅绿色的树根从剑柄上冒了出来，缠住了乌提科的手腕，其他的树根伸到地上，扎进土里。

乌提科想挣扎，但没有成功，剑紧紧地缠住了他。细长的树根慢慢沿着他的胳膊爬下去，像一条锁链一样紧紧捆绑住了他，乌提科恐惧地叫喊，他的手变成了木头。在其他食人怪们震惊的目光下，他的皮肤开始变硬，如同树皮一样，他们害怕得不敢动，帮不上一点忙。

小火柴动了一下，让法维拉从恐惧中恢复了过来，她及时反应过来，行动的时机已经到了。她伸长了脖子，张开翅膀，飞快地念起了古老而神秘的咒语。

灼热的空气震颤了，魔法向乌提科飞去，或者说剩下的乌提科。一道蓝色的火焰裹住了"毒药"。食人怪们惊恐地喊叫，法维拉和小火柴跳出去，朝朋友们跑去。

翁布罗若一边大喊："锁链！"一边试图把手臂挣脱开。

法维拉施放出另一个魔法，但她犯了一个错误，锁链在断开之前变得非常热，灼伤了他们几个。几声大叫传来，一只手抓住了法维拉的脖子，把她抓了起来，魔法被打断了，小火柴被一拳打晕，落到了一堆旧的盔甲中间。

翁布罗若不顾手腕的疼痛，试图扑向慌乱逃跑的食人怪中间的"毒药"。他差不多就要摸到剑了，突然骷髅头首领的声音在他耳边响了起来："你拿不到的！"

"凭什么？"翁布罗若说。

但他一抬头就明白了。

丝碧卡在克兰伯怀中，一动不动，眼睛睁得大大的，一只黑色的小蝎子在她的肩膀上，尾巴扫过她裸露的脖子，随时准备注入毒液。

"拿起你的剑！"丝碧卡勇敢地喊道。

这么短的时间里，翁布罗若试图想出一个既能够拿到剑又能够救丝碧卡的办法。

"你对这些小东西的毒是免疫的，但你的朋友显然不是。难道不是这样吗？"克兰伯阴险地笑着说。

翁布罗若不能牺牲任何人，尤其是丝碧卡。

慢慢地他放下了手。

骷髅头首领如同一道闪电一样跳到他身上，抓住了他，翁布罗若没有做出任何反抗。骷髅头首领一拳打中了他。

周围的喧闹声越来越大，翁布罗若眼前的一切突然变成了黑色。

隔着几千英里的大海和陆地，独角兽飞快的脚步在果敢地前进着。

骑着弥塞拉的斯特拉利乌斯差不多已经到达了食人怪王国，但骑士比他更快，他骑着科迪诺已经出现在女巫王国的边界了。

这里的天是黑色的，沉重而压抑。

低沉粗野的声音，呻吟和刺耳的叫声被风从四面八方吹来。科迪诺喘着气，突然停下了脚步，它抖了抖银色的鬃毛，摇了摇优雅的头，似乎在说它不能往前了。

骑士明白他已经到了。他松开了抓住独角兽鬃毛的手，深深吸了一口气。

"是的，你是对的，你已经为我做了很多。"他灵活地从科迪诺背上下来，看着它清澈的眼睛，"谢谢你。现在走吧，回到你的孩子身边。"

独角兽长嘶一声，抬起了银角，转过身，朝家的方向飞奔而去。

"我没有家了，现在。"骑士想，"我再也没有骑士岛了。我也没有森林王国了。差不多所有的一切，都被毁了。"

他必须面对女巫。

只有他。

这个任务只能由他一个人来做。

一声微弱的"哼哼"声好似惊雷一样从他背后传来。在他面前，出现了一座小山丘，被黄色的、病恹恢的灌木丛覆盖着。

接着灌木丛中一声轻微的"沙沙"声，吸引了他的注意。"沙沙"声再次传来，越来越近。

骑士把手放在剑柄上，等待着。现在他被发现了，隐藏已经没有用。

突然，一个带着风帽的身影挥舞着棒子从他身后跳了出来。骑士转过身利用他多年前受过的训练敏捷地躲开了袭击。

他的眼睛看到了攻击他的那个人的眼睛。两个人都停住了，震惊不已。

"弗尔特布拉齐奥？"骑士喃喃地说。他皱起眉头，认出了他的第一位兵器老师。

棍子落到了地上，那个年长骑士的脸上露出了微笑。

"我早该猜到你会来这里。"那个人说，"迟早会来。"

"看到你还活着我太高兴了。"骑士放下了剑，也笑了起来。

"活着？是的，我还活着。虽然在躲躲藏藏和不停的战斗中，我不知道这算不算你说的活着，"他说，"的确，我现在感到我还活着，因为我看到你来了。我最优秀最勇敢的学生！"

骑士摇摇头："我以为……"

"所有人都这么以为。他们以为我死了，但我活了下来。好了，我的朋友，如果你来了，肯定有你的计划，我想知道。但首先你必须告诉我你在这些年里去了哪里，做了什么。我们有太多的东西要说，却没有多少时间来做这件事：黑女王正在集结她的军队，准备发动最后的进攻。我想她要直接攻打仙女王国，我们决不能允许，不是吗？跟我来，在这里会暴露我们的。到我的藏身处去，那里我们可以好好说话，再研究一个完美的计划。或许你的到来就是我一直等待的信号，所有事情都将改变的信号！"

然后他笑了，用一只手拍了拍骑士的肩膀，难以置信地说："郭尔德纳琪，能再见你真的太好了！但你的剑呢？"

骑士露出一个苦涩的微笑，想到了他的儿子翁布罗若，他才刚刚认识他，他如此像他的母亲，但也像他小时候。

如果要救他的孩子，就必须由他去打败斯特里娅。

当翁布罗若醒来的时候，食人怪们正急匆匆地跑来跑去。

发生了什么大事。食人怪们都已经忘记了对法维拉的魔法和对乌提科命运的恐惧。

翁布罗若看了看周围，没见到任何人。他的朋友都消失了，不知道被带到哪里去了，但或许还活着。法维拉在用魔法弄断了锁链之后，也不见了。

情况和之前并没有多大不同。

只是，现在只有他一个人。

他坐起来，眨了眨眼睛，看了看周围：他被绑在骷髅头首领木屋外面的一根柱子上。

"是的，大人！马上，大人！但克兰伯说他的助手死了，要运送他的人得多花点时间。"一个年轻的食人怪的声音说。

稍远一点的骷髅头首领的声音，像花岗岩一样硬："怎么搞的！我说过我们今晚就要准备好，他也是！清楚了吗？黑女王叫我们集合，我们必须出发，必须带着所有的龙出发。所有的！如果没准备好，我会亲手把他捏碎！告诉他！"

年轻的食人怪连忙退了出去，在翁布罗若的靴子上绊了一跤，他站起来，继续跑，边跑边说："是，是的，大人，我这就告诉他。"

骷髅头首领戴着龙头骨的巨大身影，从帐篷里走了出来，表情阴沉。

"佩勒奥萨！"他站在帐篷边大喊。

"是的，大人，我在这里，大人！"来的那个食人怪垂着双手，面色惊慌。

"那些龙蛋怎么样了？"他着急地问。

"箱子差不多都满了，大人。"

"很好！"

"但是驯龙员好像在红龙那里遇到了点麻烦，大人！"

"你想说什么？"骷髅头首领吼道。

"几条龙弄倒了几个我们的人。"佩勒奥萨结结巴巴地回答。

"唔。那些奴隶呢？"

"他们在马车上，快到魔镜了，大人。他们都捆着等待命令，有人看守他们，大人。"

骷髅头首领点点头。

"卡罗索问，半尾，那条蓝龙，该怎么处置？"佩勒奥萨问。

骷髅头首领奸诈的黑眼睛眯了起来："黑女王的命令很清楚。杀了！"

"卡罗索说那样很可惜，因为没有比它更凶猛的龙了。"

"卡罗索是个白痴！这些畜生已经够危险了。没有人能够控制那条龙！如果克兰伯不要命想驯服它，那就去吧，他死了我只会高兴！"

佩勒奥萨结结巴巴地说："那……那我怎么跟他说，大人？"

"毒死它，跟其他龙一样。"

佩勒奥萨后退一步："那个犯人呢？要我把他和其他犯人关到一起吗，大人？"

"不，我打算亲自解决他。我要看看我对不对。"

"什么对不对，大人？"

"那把剑现在丢了，"他冷笑道，"有些女巫认为这个精灵就是最后一个玫瑰骑士。"

"我们要杀了他吗，大人？你想我带他到刑房去吗？"

骷髅头首领想了一下，"不，我有了个完美的计划！"

"真的吗，大人？"

"去告诉卡罗索，他的宝贝龙要和这个少年决斗。这样一次就能解决他们两个！"然后骷髅头首领转向翁布罗若，露出可怕的笑容，"你准备好了吗，骑士？"

翁布罗若颤抖着，只是说："你会为此付出代价。"

骷髅头首领发出恐怖的大笑："真的吗？谁来让我付出代价呢？你的话就是个屁。你的朋友会变成我们女王的奴隶，你的剑已经没了，而你会比他们死得更早！是的，我要好好欣赏你的死状。那会是漫长而痛苦的死亡，精灵。我会留下来看你去死。没错，那会是多么令人愉悦的事情啊！"骷髅头首领的气喷到了他脸上。

然后他大笑着走开了。

翁布罗若摇了摇头，试图从锁链上挣脱，但他没有力气了。他的朋友们被抓了，很快要变成黑女王的奴隶，而他马上要成为那条恶龙的口中餐，没有任何生还的希望。

当他想着这一切时，号角响起来了，很快，飞翔的龙群遮住了天空。

第十二章　绝无生路

　　莱古路斯从笼子的栏杆后面看着营地里的食人怪们跑来跑去，他和罗比尼娅、丝碧卡被关在一起。已经过了半天了，他不知道翁布罗若身上发生了什么；法维拉和小火柴也不见了踪影。罗比尼娅控制不住自己，不停地默默掉眼泪。

　　食人怪在马车上都装满了补给品，关他们的笼子也被放到了马车上。莱古路斯被锁在栏杆上什么都做不了，只能看着。丝碧卡和罗比尼娅在他身后。

　　等到看守的食人怪走远了些，他说："他们准备离开。"

　　"什么？去哪里？"罗比尼娅问。

　　"我不知道。"

　　丝碧卡说："我们必须逃跑。我们必须去帮助翁布罗若。"

"你准备怎么帮？"

大家都沉默了，看守的食人怪拿着三叉戟，迈着缓慢整齐的步子从笼子前走了过去。

莱古路斯叹了口气："栏杆是铁做的，我们身上的锁链也是。你知道，丝碧卡，我不觉得我们能轻松逃出去。"

"你们再激动也没有用。你们是逃不出去的！"看守的食人怪听到了他们的话，阴笑道，"现在给我闭嘴！"

"只靠我们几个当然出不去。"罗比尼娅小声说。

"但翁布罗若需要我们的帮助！"丝碧卡语气很坚决，"谁知道他们把他带到哪里去了，他们会杀了他！"

"冷静点，他能够应付。他打败了那么多更可怕的敌人，比如空心骑士。"

"但他那时候有'毒药'。现在他手里没有剑！"

　　"他比你想的更强。"莱古路斯让丝碧卡无话可说。接着他又说："你不要自责了。"

　　"我的确有责任！"丝碧卡说。

　　"如果他们没有用你来威胁他，也会用我们中的其他人来威胁他。你想想，翁布罗若会做出不同的选择吗？"

　　"不会，不过……"

　　她的话被食人怪战斗的号角打断了，这时候军队从四面八方聚集起来，一队食人怪跑了过去。

　　"发生了什么？"莱古路斯转过身问。

　　一个不祥的声音从西边的山上传来，接着是号角声。

　　少年们用手捂住了耳朵，他们从来没有看到这样的场面。

　　无数黑色的影子在山顶上盘旋，伴随着号角声，巨大的身影飞上了高空。莱古路斯听

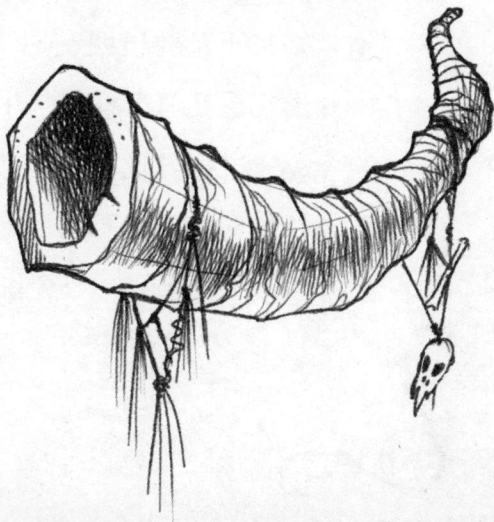

到丝碧卡和罗比尼娅尖叫起来。

他的心好像停止了跳动，因为恐惧。

一群群各个种类的龙从他们头顶飞过，上面坐着食人怪。

龙群展开强有力的巨翅迎风飞舞，掀起了地面的灰尘和泥土。

飞行部队出发了，营地上其他的部队正紧张地准备着。他们所在的马车也开始慢慢动了起来，朝着魔镜的方向前进。

食人怪们应该接到了最新的命令——离开这个王国，但是为什么？

法维拉在另一个笼子里，她被关进了一个狭窄的鸡笼。幸好没有人发现是她在小火柴身上制造的魔法，她来不及救出朋友们，现在自己也成了阶下囚。不知道它现在怎么样了，小龙不在身边。

她转过身发现了两个年轻的食人怪正在准备骷髅头首领的马车，她听到了他们的谈话。

"这不公平！"一个说。

"搞快点，不然骷髅头首领会让我们好看！"

"这次我们本来应该看场好戏的！半尾对一个精灵！这可是百年难得一见！"

"好吧，反正我们都知道结局：精灵被蓝龙撕烂，用不了多少时间。"

法维拉的心一惊。

他们要把翁布罗若扔到斗兽场去和那条可怕的蓝龙战斗。

她拼命想撬开笼子的锁，但实在没有力气动用她的魔法了。就在这时，一个小小的身影在木屋之间悄悄移动着。

小火柴！她想，就在这时候，小龙来到了鸡笼外。"快，帮我打开，快！"

一道绿色的火喷出来，击中了锁，把它烧成了灰。

法维拉终于自由了，她朝斗兽场跑去，希望还来得及赶到翁布罗若身边，去提醒他，做点什么来救他。

斯特拉利乌斯飞快地前进着，但还不够快。他已经来到了黑山之顶，食人怪王国的北境。

突然，他听到远处传来一阵喧闹，远远地能看到一朵翻涌的云，遮住了阳光。

独角兽放慢了脚步，摇了摇长着白色鬃毛的头和银角。

"龙！"巫师咬牙说道。

他没有停留，用马刺刺了一下独角兽，继续飞快地朝着食人怪王国狂风呼啸的峭壁奔去。

第十三章　翁布罗若的命运

　　骷髅头首领把翁布罗若从马车上扔出去，他痛得收紧了身体。擦伤的地方火辣辣地疼，但他努力不去管它，看了看四周。面前就是斗兽场，路程很短。

　　在营地，食人怪们忙着准备离开，这附近一个人也没有，除了骷髅头、克兰伯和卡罗索。

　　从这个下午的短暂对话中，翁布罗若知道有事要发生了。食人怪被黑女王召集，正在离开他们的营地。飞行部队已经出发飞向了女巫王国，其他的食人怪则会通过魔镜过去。

　　但还有些事情骷髅头首领想在离开之前解决：杀死蓝龙和翁布罗若。

　　他要报被郭尔德纳琪弄瞎眼睛的仇。而且，如果在翁布罗若死的时候"毒药"碎了，他就可以肯定他又杀死了一个玫瑰骑士。

翁布罗若知道他不是最后一个骑士，这个念头让他觉得没有那么孤单。但他现在的情况真的令人很绝望。

他曾经在高处的树林里看过这个地方，看到了龙之间的决斗，那场决斗他不可能忘记。但这一次决斗是不平等的。一条蓝龙对一个精灵。

"我说的事情你都做好了吗？"骷髅头首领问。

"当然，但他们对于杀死最后一条蓝龙的主意不太高兴。"卡罗索说。

"他们高不高兴我不管！你只用听我的命令！"骷髅头首领吼道。

翁布罗若抬起头努力让自己坐起来，然后往斗兽场的石头围墙里望去，那条龙巨大的身影就在中间。他打了个寒战。他怎么可能打败如此凶猛的一个巨兽？他连一丁点从这场战斗中活下来的希望都没有。

好像猜到了他的想法，蓝色的巨大的身影优雅如蛇般扭动了一下，被束缚住的翅膀往下放了放，锁链叮当作响。它睁开了两只深黄色的眼睛，鼻孔里喷出一丝灰色的烟。

翁布罗若的脑子飞快地思考起来，但恐惧和沮丧让他的思维不能跟上逻辑。

他没有"毒药"，没有任何兵器。只有双手，但他们连手上的绳子都没有解开就把他扔到了龙的面前。这一次他不可能幸存了。

"赶紧的，我们要尽快离开。"骷髅头首领说。

翁布罗若试图活动起来，让已经发麻的胳膊血液循环起来。

斯特里娅这么着急是因为她害怕，他想。或许她忌惮最后一个玫瑰骑士。不管怎么说，这对他来说意味着希望。所以，他现在不能放弃。

"黑女王正在集结军队准备发动最后进攻，她很急！"骷髅头首领说。

"是的，不过……"卡罗索说，"如果龙吃了这个精灵，我们怎么杀龙？"

"这是个好问题，但如果龙误食了一点点毒药

呢。"骷髅头首领一边说一边往翁布罗若胸前挂上一
个背包，然后开始发出阴沉的大笑，其他几个食人怪
也跟着窃笑。

"这是什么毒药？"翁布罗若问。

骷髅头首领邪恶地看了他一眼，往地上啐了一
口，奸笑着说："红龙舌兰酸。加入了我个人一点小
小的创新。你这么想知道自己会怎么死吗，精灵？"
他大笑起来，又说："为什么不？告诉他，克兰伯，
你来告诉他！好好跟他解释一下，这样看到他抽搐的
时候会更有趣！"

"如你所愿。"那个食人怪窃笑着说，"你会付
出代价的，因为你杀死了我用心血培养起来的送给斯
特里娅的大蝎子！差不多就是这样：龙一口吃了你。

这个包裹是用特殊的材料做成的，
一遇热就会融化。在那条畜生的嘴
里，哦，就有热量！"

卡罗索点点头，拍手窃笑。

"所以，当龙把你吃进

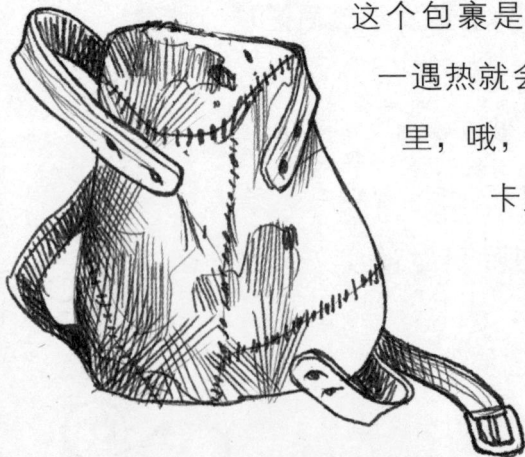

去，这个包裹就会在它的牙齿里融化，龙舌兰酸充满它的嘴巴。只要几秒钟，就会杀死它和你，如果你不幸在那个时候还半活着的话。一条这样的龙不会被弓箭或剑杀死：它的鳞片太坚固了把它保护得太好！唯一弄死它的方法就是从里面把它变成肉浆。你不觉得站在我的角度让你死得这么快很仁慈吗？"

"快？"翁布罗若的血液凝固了。

"哦，当然了，在一刹那美妙的痛苦之后！"克兰伯幸灾乐祸地说。

然后他一拉绑在翁布罗若身上的绳子，翁布罗若面朝地扑倒下去。

"这样我们就能够一箭双雕了。"骷髅头首领说。

很快，绑在翁布罗若腿上的绳子被解开了，翁布罗若被拖着站了起来。

这个时候法维拉偷偷溜到了斗兽场一块石头的后面，跑得气喘吁吁。她来得正是时候，但现在她觉得很累，好像跑了好几英里。她背后的营地已经被拆除，一队队食人怪叫喊着朝魔镜过去了，拖着马车、补给品、武器、蝎子、龙蛋和囚犯。但她没有时间考虑其他人。

她必须首先找到翁布罗若并且帮助他，然后和他一起去解救被关在笼子里的其他人。他们现在没有什么危险，至少她是这么希望的。

她伸了伸翅膀。小火柴跟上了她，它看着巨龙那双黄色的眼睛，尖叫了一声，上前了一步。

"停下！"法维拉立刻叫住了它。

小龙停下来，转过身疑惑地看着她。

法维拉用嘴巴衔起一颗小石头，从斗兽场外扔到空中。一道光出现了，跟着是闪电的噼啪声。小小的红色闪电在不规则的石头上扩散开来，好像有一堵看不见的墙，石头飞到另一边，落在了斗兽场里面。这里有一道阻碍人进出的魔法保护着斗兽场。小火柴喷了喷鼻子，法维拉点了点头。

"不然你觉得为什么，"她指着蓝龙说，"它还在里面没有逃走。"

就在这时候，卡罗索用三叉戟朝一块锋利的石头上拍了一下，三叉戟发出一道光。结界"嗡嗡"响着，消失了。

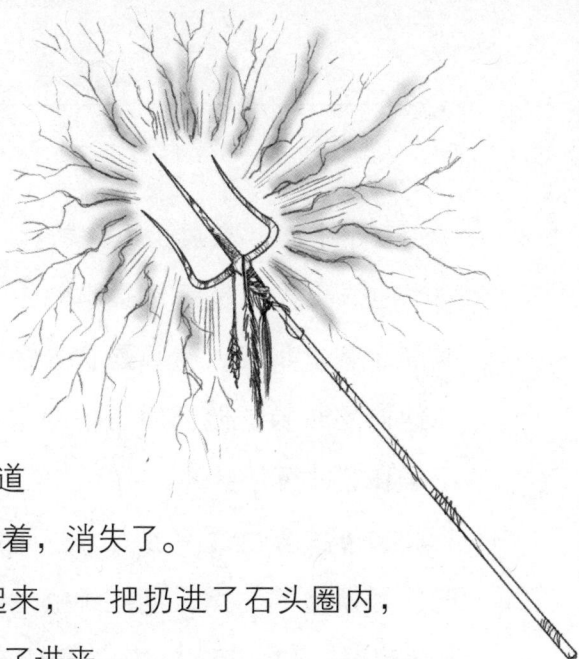

翁布罗若被抓起来，一把扔进了石头圈内，克兰伯一路小跑也跟了进来。

翁布罗若凭着一股绝望的力量，疲惫而坚定地走向他的命运，法维拉的心中充满了焦虑，不知道怎么办。

她只能见机行事。

蓝龙发出一声低吼，好像不喜欢突然被打扰。很明显，这又是一场表演，只不过没有观众。

它抬起黑色的眼皮，当它在长时间地自由飞翔时，这样的眼皮能够保护它的眼睛不被强烈的阳光灼伤，然而自由，是它从来没有过的东西。它不知道被扔到它面前这个长着尖耳朵的小东西是谁。

它不喜欢，它喷了喷鼻息。

他很小，但是就像最小的虫子一样，可以隐藏剧毒的毒刺。其实，就算是食人怪也很小，但当它不服从他们的时候，他们用可怕的三叉戟刺穿了它的一只爪子和它的尾巴。

翁布罗若也看着巨龙，感到黄色的眼睛在打量自己。根据他的体型，他还不够龙一口的分量。但那将是致命的一口，不过对于这个细节蓝龙并不知道。

翁布罗若站起来，一动不动，龙抬起头，观察着他，恶臭的口气喷到了他身上。

不是因为勇敢也不是因为麻木。

他只是拼命地在想应该怎么办。

如果手没有被绑住就好了。

克兰伯在重新布置好结界之后，绕着斗兽场里面转了一圈，来到绑在龙脖子上的那条锁链前。

"去！撕烂他！快去！"他喊道。

龙弯下脖子，用凶狠的眼光看着食人怪。它咆哮，伸长脖子晃动着锁链。克兰伯完全没有被它的举动吓到，反而哈哈大笑起来，并用三叉戟碰了一下铁柱。

紫红色的闪电像蛇一样爬上了锁链，消失了，但半尾的眼中闪过一丝恐惧，好像那闪电击中了它一样。

那道闪电松开了锁链，好让龙可以更灵活地在斗兽场内活动。

"去，畜生！动起来！给你的大人看看蓝龙的厉害！张开嘴！"

半尾发出一声愤怒的咆哮，从他们来到这个王国起，这声音一直伴随翁布罗若和他的同伴，地震般的声音震颤了整个斗兽场。翁布罗若后退一步，眯起眼睛，尽量不去想那好像刀一样尖的獠牙可能是他最后看到的东西。

龙竖起脖子上的鳞片，变得更加令人生畏。

它的獠牙看起来和钢铁一样坚硬，深黄色的眼睛饥饿且愤怒地打量着他，随时准备战斗。

翁布罗若又退后一步。

在晚霞那紫红色的光芒中，龙的鳞片闪过一道短暂的光。

翁布罗若也不知自己是如何明白了，他闪向一边，避开了对方闪电般的攻击。

接着他往地上一滚，来到了石头边。

骷髅头首领笑了："你想做什么？你想逃跑吗，骑士？"

翁布罗若缓过气来，半尾正准备放出闪电。两道光从他的口中喷出来。翁布罗若成功避开了攻击，蜷缩在地上，空气凝固了，在他面前几厘米远的地方噼啪炸开来。

龙狂叫一声，朝他扑来。翁布罗若惊险地躲开了它的前爪，滚到一旁，龙转过身，想用尾巴攻击他。

就在这时候，翁布罗若明白了应该怎么做。他没有别的选择。

他朝龙尾巴那边扑过去，龙想再次攻击他。它做到了，翁布罗若被一道从没有见识过的强力打到一块石头上，但他的目的实现了：龙的鳞片，像刀锋一样锋利，割断了他胳膊上捆绑的皮带。

幸运的是，他穿着的铠甲毫发无损地吸收了这一击。

不过仍是钻心的疼。

他头晕目眩，及时躲过了龙的獠牙，用最快速度解开了绑着毒药的包裹，远远地扔了出去。毒药穿过了屏障，结界的热量融化了包裹。

包裹落到了斗兽场外。

地面上出现了红色。就在那附近的卡罗索，被毒气笼罩，撕心裂肺地尖叫起来，最后化成了一堆被红色粉末覆盖的骨头。

骷髅头首领恼怒地咆哮起来，但他知道这个少年不可能在龙的攻击下坚持多久。

翁布罗若很疲惫。他的眼睛模糊起来，他已经很长时间没有吃东西了，身上每一处都疼，龙的爪子按住他的左手，刺穿了它，他叫了出来。

这短短一瞬间是那么漫长！翁布罗若看着龙，龙也看着他。

在不远处一直看着的法维拉，无能为力地颤抖着，不知道该怎么做。

是小火柴想到了办法。它来到一块石头后面，身子一扭，用尾巴把石头打了出去，石头打中了半尾巨大的后爪。法维拉也立刻明白了自己应该干什么：分散龙的注意力。最好能够给它一个它更满意的猎物。她沿着石头墙，来到了克兰伯的身后，他正准备用三叉戟刺激龙继续攻击。法维拉扑打着翅膀，用魔法升起两个，三个，四个石头，朝半尾的背砸过去。

终于，半尾那长长的被刮去鳞片的脖子转了过来，它十分恼怒。

那双恐怖的黄眼睛看着克兰伯。被龙的怒吼吓到的法维拉藏到了一块大石头后面，

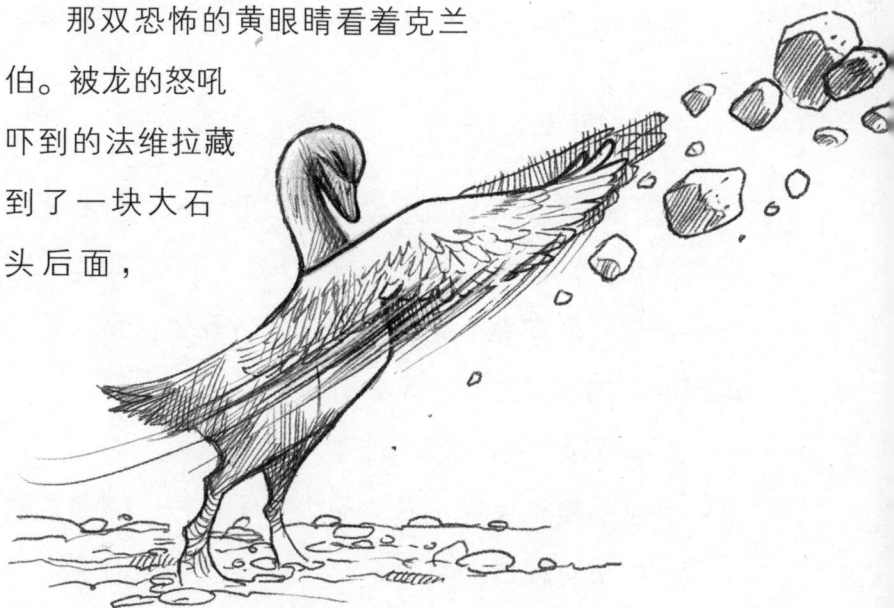

她要集中注意力继续行动：让三叉戟从克兰伯手中脱离，这样他就不能自卫了。

她施放出的这个魔法力量十分之大，以至于三叉

载从食人怪的手中脱开，在空中打了几转，刺进了斗兽场的另一头。

这个时候半尾巨大的身体松开了翁布罗若，完全转过身来，面对着一直折磨它的人。

克兰伯"吱吱"乱叫起来，终于自由的翁布罗若溜到了一边。

一瞬间。

克兰伯转身想逃跑，但龙比闪电还快，带着全部愤怒攻击了他。近在咫尺的法维拉，听到"嗡嗡"一声响，立刻明白看不见的结界已经打开了。食人怪想逃跑但他被龙尾打中，滚出了场外。

人头落地了。

小火柴趁机进入了石头圈内。法维拉大喊着想制止它，但没有成功。

现在不只是翁布罗若，还有小火柴都在场内，她已经没有力量施放魔法了！如今他们要独自面对这条疯狂的龙，她想着想着，意识渐渐地模糊起来。

小羽龙拼命奔向了翁布罗若。

翁布罗若抓起克兰伯的三叉戟，想把它从地上拔起来，但他太虚弱了。他试了一次，两次，竭尽全力，三叉戟上都是他手上的血。终于，三叉戟被拔了出来，三个尖上发出危险的光芒。

翁布罗若听到一声鼻息，他转过身来，只见蓝龙正用阴沉的眼睛看着他，而他，勉强支撑着，挥动起三叉戟，却不知道该怎么使用它。

蓝龙的呼吸更加剧烈起来，小火柴突然跳上前来，挡在了翁布罗若和蓝龙中间，它竖起羽毛，试图恐吓龙或者说分散龙的注意力。

翁布罗若和蓝龙看了一眼小火柴，一个绝望，一个好奇。为了保护翁布罗若，小火柴在恐吓半尾。

翁布罗若大喊："走开！"

绿色的火花从小龙的鼻孔中喷出来。

出乎意料的是半尾犹豫了。它闭上了大嘴，翁布罗若的直觉告诉他，如果这时候放下三叉戟他会有一线生机。他用带血的手把武器放到地上，半尾那可怕的黄色眼睛一直注视他每一个举动。

"我不想伤害你！我不想和你决斗！"他大喊，希望自己的肢体语言能够比话语更好地表达他的意思。

被汗水打湿的头发下，他额头上的星星发出了光芒。光映在半尾的黄色大眼睛里，仿佛一条线，把它的眼睛和翁布罗若的眼睛连结了起来。

这个时候，所有人都忘记了骷髅头首领，他看着眼前的一幕，脸气得变成了紫色。

"你活不了，该死的精灵！"他大喊。

接着抓起他的三叉戟，朝龙的爪子扔出去，唆使它继续发动进攻。三叉戟的尖刺入了半尾鳞片下的一个旧伤，半尾痛苦而愤怒地咆哮起来。它转过身，扯下三叉戟，用獠牙折成了两段，如同折断一根牙签一样，旋即再次扑向翁布罗若。

翁布罗若本能地做出了他自己也没有想到的事情。

他抓起三叉戟举了起来，在半尾盛怒包围他之前，用尽身体内最大的力气，扔了出去

三叉戟划出一条抛物线，最后击中了目标。

击中了。

　　骷髅头首领没有躲闪，因为他怎么都不相信自己才是目标。

　　三叉戟狠狠地刺中了他：龙骨做的头冠碎成了完美的两半，他的身体"扑通"一声倒在了地上。

　　接下来的一刻太漫长了。

　　半尾狂怒的叫声响彻天空。

　　翁布罗若用他自己的身体挡在了小火柴前面。

　　他太累了，甚至已经没有力气从已经打开的出口逃跑。就算他有力气，他也不能跑得比蓝龙更快。所以他倒在了地上，试图保护小龙，它如此勇敢地保护了他，而他则做好了最坏的打算。他闭上眼睛，心拼命地狂跳，他听到了锁链断裂，然后重重掉到地上的声音。

　　半尾自由了。

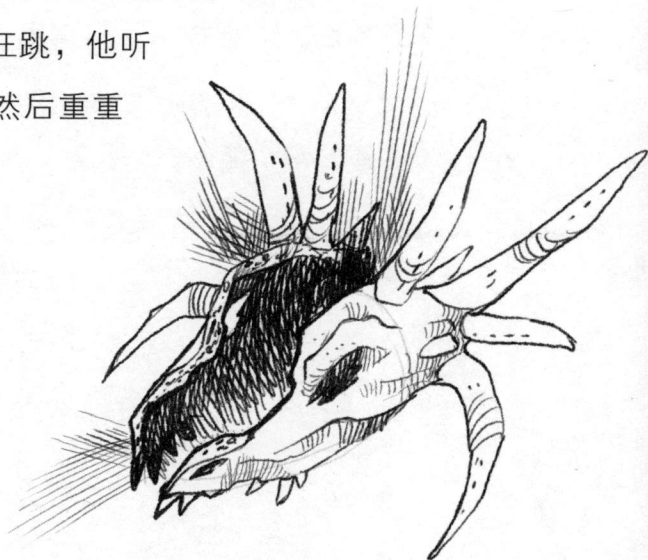

第十四章　与时间赛跑

渐渐到了黄昏时分，太阳已经变成一个盘子，挂在遥远的天边。黑暗慢慢伸出手指抚摸大地。

斗兽场内，蓝龙再次喷了下鼻子。翁布罗若沉重地倒在地上，筋疲力尽。他看了看周围，发现了晕倒在斗兽场外的法维拉。他小心翼翼地沿着斗兽场周边靠近她，喊她的名字。

幸运的是，法维拉抖了抖羽毛，抬起了长长的脖子。

"你还好吗？能站起来吗？"他问。

"你还活着！"法维拉惊讶地说，"发生了什么？龙在哪里？"她打住了，因为她看到了蓝龙那双可怕的、黄色的眼睛。她吞了吞口水，努力想站起来，虽然双脚发软，但她还是站起来了。"我们必须离开。"她说。

"没错。"翁布罗若点点头。他把小火柴放在石头上，让它跨过去。

他自己则留在原地，转过身去，用他深邃的绿眼睛看着蓝龙，蓝龙发出一声奇怪叫声，喷了下鼻子。

"快点，抓紧时间，我们必须跟上其他人！"法维拉说。

"我们不能把它留在这里！"翁布罗若说。

"什么？你应该跑得越远越好！它会吃了我们！"

翁布罗若摇摇头："不，我不信，至少现在不会。我想把它的翅膀解开，不然，它这样被绑住，只有死路一条。没有动物应该受到这样的对待。"

法维拉打了个寒战，想起了她做奴隶的日子。她太累了，魔法已经不能再用了；眼睛有些模糊，但她清楚地看到蓝龙正盯着他们。翁布罗若似乎是唯一一个不感到害怕的。

"你们离远一点。"翁布罗若说着小心翼翼地靠近了蓝龙。

半尾抬起头，怀疑地看着他，想搞清楚这个看起来既不怕它也不想威胁它的东西想干什么。

翁布罗若高举着手往前走。离得这么近，再一次，他额头上的星星发光了，光芒照射在蓝龙的眼睛里。

好像被那光吸引住了一样，半尾缩回了脖子，让翁布罗若靠近自己。

困住它翅膀的网是用非常坚固的材料做成的，但翁布罗若解开它并没有太麻烦，因为它是用来对抗龙的獠牙，而不是人的手的。翁布罗若的手指抚过半尾后腿上如同玻璃一样的蓝色龙麟，半尾跳了一下，怒吼一声，好像在提醒他，在任何时候它都可以轻易取下他的脑袋。

但它似乎更害怕他。

"让我解放你的翅膀，这样你就可以飞走了。这难道不是你想要的吗？蓝龙本来就是为飞翔而生的。"他说。

似乎他的声音让蓝龙平静了下来，它眼中倒映的星星发出耀眼的光。

翁布罗若压抑着心中的恐惧，慢慢地解开了半尾两只翅膀上捆缚的皮带，翅膀柔软地垂到了地上。翁布罗若退后一步，说："你现在自由了。"

半尾虽然很危险，但它并不是他之前想的那样坏。他在它的眼睛里看到了意识的火花，还有恐惧。

精灵和蓝龙同时对对方感到害怕，又同时被对方吸引。

"现在你可以走了。"他说，"你自由了。"

然后他转过身，慢慢地走远了。

他来到了正难以置信地看着他的法维拉和小火柴身边，说："现在我们去救其他人。"

他用意想不到的精力，开始朝食人怪的营地飞快奔跑：他必须到帐篷里去寻找他的朋友们。每跑一步，他就更加焦急：如果丝碧卡和其他人发生了什么不测？如果食人怪想解决掉他们？

不，他要阻止他们，不管付出什么代价。

　　这些念头在他脑海中盘旋，突然，一声犹如惊雷的声音传来：翁布罗若明白半尾终于展开了翅膀飞了起来，拥抱了从来没有过的自由。

　　最后一队因为等待骷髅头首领而延迟的食人怪听到巨响，大呼小叫地朝魔镜飞快地逃跑了。

　　"现在食人怪也知道半尾自由了。"法维拉说。

　　但翁布罗若没有回答，什么都没说。他上气不接下气地朝魔镜跑去。额头上的星星发出小太阳一样

强烈的光，就算隔着很远，他的同伴都看到并认出了他。

"翁布罗若，我们在这里！"

翁布罗若看到了他们，他挥舞着双手大喊："法维拉！你能做点什么吗？"

"我没有力气了！"她回答。

她想用魔法停下装着丝碧卡和其他人的那辆正准备穿越魔镜的马车，但没有成功。

马车加快了速度，在石子路上蹦跳着。罗比尼娅挥舞着双臂大喊，莱古路斯抓着笼子的栏杆，他身后的丝碧卡也在喊着什么。

但太晚了。

翁布罗若离他们太远，而他们离魔镜太近了。

马车穿过了水塘。一道耀眼的光射出，在已经变黑的天空中画出一圈不祥的漩涡。

魔镜吞没了食人怪们。

然后一个一个，消失了。

一切都没有用了。魔镜再一次关上了，完全封闭了。

翁布罗若大喊着，踉跄一下，摔倒在地。他又喊了一声。

接着眼前一黑。

他感到有什么粗糙的东西在舔着他的脸。他微微睁开眼睛，看到小火柴正用黄色的眼睛看着他。他的头嗡嗡直响，但还是听清了法维拉的声音："他醒了！"

这时候他慢慢回忆起来，他从斗兽场逃了出去，没有被蓝龙吃掉，他一路狂奔追着载着他同伴的马车，但没有追上。

食人怪们因为看到半尾自由地在他们上空飞翔，十分恐惧，纷纷跳入了魔镜中，带着他们所有的补给、武器、龙蛋和囚犯。

莱古路斯、罗比尼娅和丝碧卡都被带走了，走得远远的。

丝碧卡的眼睛，那双像晴朗的天空一样蓝的眼睛是他最后看到的东西。现在那双眼睛也被无情地从他这里夺走了。

之后他失去了力气，昏倒了。是的，他全部都记起来了，他闭上眼睛，很久很久，为了把这种如同不能熄灭的烈火一样灼烧他胸口的痛苦控制住。

"我没有做到！"他喃喃地说，"我一开始就不应该让他们跟我一起来。"

"食人怪不会杀他们的，只会把他们当成奴隶。"法维拉试图安慰他。

翁布罗若自言自语地说："我们被困在这里了！没有别的门，而魔镜已经关闭了。"

"你有可以打开它的石头，不是吗？"

"食人怪把它拿走了。"

法维拉挤出一个笑容："好吧。那很可能骷髅头首领想亲自把它交给黑女王。所以，石头应该还在他的包里。"

翁布罗若的绿眼睛闪过一道光。"是，没错。"他说，"我们必须找到它！"

他把法维拉抱在怀里，让小火柴爬到他肩上，朝斗兽场走去。

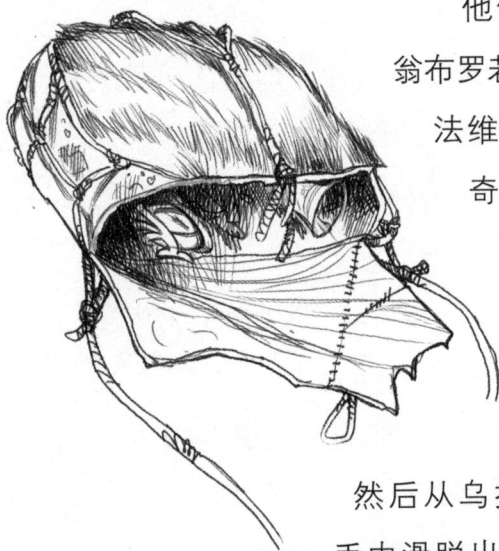

他们在广场上停了下来，翁布罗若重新拿回了"毒药"。法维拉永远忘不了眼前这神奇的一幕：翁布罗若的手刚一握到它，"毒药"就听话似的收回了树根，变成了从前那把闪着绿光的剑，然后从乌提科已经变成了木头的手中滑脱出来，回到了它原来的位置，即唯一能够持有它的那个人手中，并发出了耀眼的绿光。

翁布罗若把它放回了剑鞘中，继续往前走去，他似乎感觉不到自己的疲惫。

当他们到达斗兽场的时候天已经全黑了，他们决定在这里过夜。至于半尾，完全不见踪影。

他们找到了骷髅头首领的包，急忙翻了个底朝天。铃铛和罗盘都在！翁布罗若看了看罗盘的指针，希望它能指引一个方向。但指针只是不停地转动，始终没有指出一个明确的方向。包里完全没有打开魔镜的石头的影子。于是他们决定点一堆篝火，先坐下来休息一下。

尽管浑身疼痛，内心焦虑，但实在太疲惫的翁布罗若这晚睡得很沉。

黎明的时候，他被一阵马蹄声吵醒，新一天的阳光已经照到了海边的礁石上。他睁开肿胀的眼睛，口干舌燥，强迫自己清醒过来，站起来，拔出了"毒药"。但"毒药"没有颤动，法维拉和小火柴紧紧挨着，还在睡。火已经熄灭了。

"斯特……"他难以置信地喊出了那个名字。

斯特拉利乌斯骑着一匹雪白的独角兽，微笑着。翁布罗若揉了揉眼睛，以为自己在做梦。

第十五章　绿松石

斯特拉利乌斯告诉了他永冬堡发生的事情、奈维娜的情况以及他和骑士决定分开行动，一个到食人怪王国，一个去女巫王国的事。

"他习惯了战争，能应付得了。"巫师说。

翁布罗若点点头，打了个寒战，希望那个神秘的精灵能够活下来，至少能够再跟他说一次话。尽管翁布罗若一开始并不信任他，但他身上有一种东西吸引着他，让他想弄清楚他到底是谁，想问他为什么要一而再地帮助他。

然后翁布罗若把发生在自己、莱古路斯、罗比尼娅和丝碧卡身上的事情都告诉了巫师。他说完后，巫师看了一眼空空如也的营地。现在什么都没有了，只剩下已经熄灭的篝火的烟柱和一堆堆白骨。龙鼎里面的龙蛋全部都被运走了。

　　让斯特拉利乌斯感到震惊的是，还有一条蓝龙活在世上。他说："龙是非常特别的动物……特别的复杂！它们有很多种类，习惯了生活在幻想王国的各个角落，从非常古老的时候就如此。而蓝龙……以前被叫作迁徙龙。没有龙比它们更会根据生存、狩猎和飞翔的环境改变自己。据说一开始它们不是蓝色的，但它们进化出了这种颜色好让自己在蓝天翱翔的时候不容易被看到。它们的翅膀会随着年龄而增大，从而可以更好地长时间飞行。它们从空气和云中吸收能量，闪电是它们最有力的武器。它们是非常孤独的动物，在一个非常遥远，传说中称为艾朗特的岛上筑巢。一生中只下一次蛋，新出生的小龙很快就能独立了。一条蓝龙可以活五百到六百年，连尾巴在内可以长到九十到一百米长。所以，根据你们告诉我的，你们看到的那条蓝龙应该最多十五到二十岁。没有人知道原因，但很多年前玫瑰骑士成功完成了驯服蓝龙这个艰难无比的任务，之后他们之间的友谊，大家都知道……但如果被虐待或是攻击，这些龙会变成最致命的敌人。现在你明白为什么在知道它没有把你烧成灰的时候我会这么震惊了吧，孩子。"

翁布罗若默默地看着巫师，没有说话。

"有那么一会儿我感觉它被什么东西迷住了，或许是他额头上星星发出的强光。"法维拉说。

"……炽热使看不见的火焰屈服……"

突然，吉内普罗的预言又蹦到了翁布罗若的脑海里，从没有如此清晰。

斯特拉利乌斯笑了："你觉得那条龙当时是怎么了，孩子？"

翁布罗若低下头，思考着："我看到它眼里倒映着我的星星的光。它被我的光迷住了，但我不知道为什么。"

斯特拉利乌斯点点头："你知道你，还有所有星星精灵额头上的星都不是你们自己选择的，那是浩瀚的星空在每一个婴儿诞生的第一年内决定属于他们的星星。你也是一样，天狼星选择了你，通过你的额头在幻想王国的土地上发出它的光辉。所以，天狼星的星尘留在了你的额头上，像一个胎记一样，能够传递比语言能形容得更多的东西。你想想！"他看着翁布罗若的眼睛继续说："或许，在你的额头上，那条被囚禁和折磨多年的蓝龙看到了自由。"

翁布罗若皱起了眉头，额头上的星眨了眨，似乎很骄傲。法维拉张大了嘴巴，小火柴则想从巫师的衣服里挣脱出去。

"而自由就是你能给它的东西。那条龙看得没错，孩子。唯一遗憾的是它已经飞走了，把你一个人留下了。但我相信，遭受了这么多折磨之后，它不会再经历这些痛苦了。现在说我们的事吧，因为时间不多了。你们有那颗打开魔镜的石头，黑色的绿松石……现在在哪儿？"

"之前被血蝠抢走了，我们被抓之后，就到了食人怪手里，后来就没有再见到它。我们也找了食人怪首领的包。"法维拉指着骷髅头首领的尸体说，"没有看到……他们应该带在身上的。"

"你们搜过那个食人怪的身吗？"巫师问。

翁布罗若皱起眉头："身上？……"

"我肯定那个食人怪很清楚这石头的重要性，不会交给其他任何人的。如果在他身上的话，现在应该还在那里……"

于是，他们在骷髅头首领脖子上挂着的一条绳子上找到了它。

"在这里，完好无损！"

"你曾说过这块石头是通往一个消失的王国的魔法门的钥匙……是哪一个王国？"翁布罗若问。

斯特拉利乌斯叹了口气："这个魔法门和那个王国已经被遗忘很久了……"

巫师沉默了一会儿，看着石头，然后念起了神秘的咒语。石头在他手中开始发光，上面的一些黑色的条纹——女巫注入其中的黑魔法痕迹，消失了。

"你们看……仔细看看，然后告诉我你们看到了什么。"他把石头给翁布罗若和法维拉看，他们两个都惊讶地张大了嘴巴。

石头上有一个图形，用简单的笔法勾出了主要的线条，很容易看出画的是什么。

"一条龙！"翁布罗若说。

"一条蓝龙！"法维拉轻声说。

很快那道光就消失了，石头回到了之前布满黑色条纹的样子。

斯特拉利乌斯解释道："这是通往骑士岛的魔法门的钥匙。黑女王在攻下了骑士岛，消灭了所有或者几乎所有的骑士之后就把它占为己有了。"

骑士岛……翁布罗若想到那是父亲的故乡，无比思念地问："我们会去那里吗？"

斯特拉利乌斯摇摇头："不知道。现在我们的目的是到达女巫王国，打败黑女王。如果我们的旅途会把我们带到骑士岛，我们就去，否则，我们就只能推

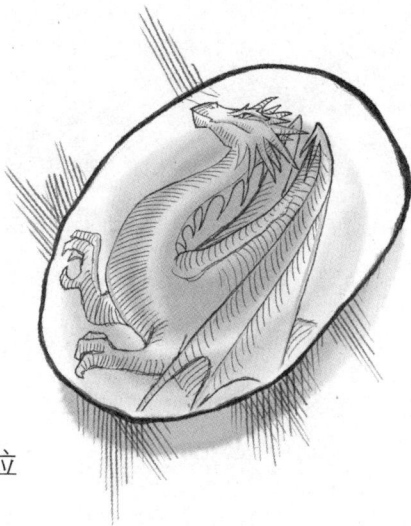

迟行程。"

"不重要。"翁布罗若说，语气里表现出前所未有的坚决，"现在我们要做的是救出丝碧卡、罗比尼娅和莱古路斯！"

"是的，你说得没错。"巫师点点头，"但我们必须非常小心，魔镜的另一边应该守卫严密。你们准备好了吗？"

"我准备好了。"翁布罗若点点头。

"我也是。"法维拉说。

小火柴严肃地叫了一声。

"我们走！"巫师说。

于是他们向魔镜出发了。

到达魔镜后，斯特拉利乌斯利索地往水面伸出了石头，神奇的一幕又显现了出来。粼粼波光中，一道绿光出现，吞没了丝碧卡、莱古路斯和罗比尼娅的魔镜再次打开了。

"快！"巫师说。

法维拉吞了吞口水往前走了一步。

　　刚刚接触到水面，她头上的羽毛就变长了，翅膀变成了双手，法维拉脸变成了一张长着小鼻子和紫色眼睛的脸：回到女巫王国，把她变成法维拉的魔法就消失了，法维拉又回到了她本来的模样。

　　与此同时，巫师也跳入了漩涡之中，就在他即将消失在翁布罗若眼前的时候，他突然大喊了什么，但他的声音消失在汩汩的水声中了。

　　翁布罗若发觉到魔镜周围有东西动了起来，感觉

到有点不对劲：石头血蝠活了过来，准备朝他扑来！

翁布罗若把小火柴扔到了魔镜中，然后自己也跟着跳了下去，但血蝠攻了上来。"毒药"发出绿色的光芒，此时另一个魔镜的蝙蝠也醒来了。

魔镜的另一头闪过一道魔法的光，意味着法维拉和斯特拉利乌斯也陷入了战斗。

翁布罗若竭尽全力迎击血蝠，但很快他就发现自己被这些紫红色的怪物淹没了。他把身上的蝙蝠扯掉，用剑刺穿它们，想起了丝碧卡说她在星星王国被血蝠攻击的事。那时候，只有斯特拉利乌斯能救她，但现在，巫师已经去了魔镜那一头！

水中的绿光闪烁起来，翁布罗若拼命想跳进去，但血蝠们将他扑倒在地，涌了上来，像老鼠一样"吱吱"叫着啃噬着他。

绿光消失了……

一声恐怖的巨响震撼了大地。翁布罗若已经败了，他身上到处都是血蝠，不能呼吸，也动不了。但听到这声巨响，血蝠们松开了长着倒钩的爪子，"吱吱"叫着散开了去。

翁布罗若抬起头，眼前的一幕既可怕又壮观。

半尾——那条蓝龙，俯冲着向他飞了过来。它张开嘴巴，白色和蓝色光喷射而出，晃得他睁不开眼睛。翁布罗若紧紧贴在地上，闪电的霹雳声震耳欲聋。空气仿佛被撕裂了。

翁布罗若感觉到蓝龙从他的头上飞过，当他重新睁开眼睛的时候，闪电已经消失了。被闪电击为粉末的血蝠早已无影无踪。

震惊之余，翁布罗若爬到魔镜边上往里面看。通道已经关上，牢牢封闭了。魔镜重新变成了一个简单、无用的水塘。

他发出一声痛苦而愤怒的呐喊。

第十六章　玻璃翅膀

半尾喷了喷鼻子，打量着这个带给它自由的奇怪的小东西。他看上去比食人怪更瘦小，长着两只手和两条腿，但没有獠牙。他的脸很小，两边是奇怪的尖耳朵。他用三叉戟一下就干掉了一个食人怪。

但最重要的是，他额头上有一颗星星。太阳和星星是它见过的唯一真正自由的东西。

所以面前的这个小东西应该也是自由的，能够依靠自己的力量踏遍全世界。他没有尾巴，没有翅膀，所以他不可能是一条龙。

但他是自由的。

现在这个小东西趴在地上，半尾好奇地看着他。

他看上去已经死了，但半尾黄色的眼睛能够觉察到他胸前的起伏，所以他还活着，或许现在睡着了。

　　半尾又喷了喷鼻子，蜷起了身体，长长的脖子在被烧焦的地面上伸展着，翅膀以休息的姿势合了起来。重获自由后，它吃力地掌握了打开翅膀和起飞的方法。现在自由的感觉充满了它的心，就像清水充满了一个即将渴死的人的喉咙。它飞到了很高的地方，飞到了蓝色的海上，飞到了参差不齐的礁石上，试练它的翅膀。它在空中表演特技，在柔软湿润的云朵里激动不已地翱翔，努力用断掉的尾巴保持平衡，接着它朝更远的地方飞去，朝着星星飞去。星星们明亮的光芒倒映在它的眼睛里，其中有一颗星星特别的亮，像在燃烧一样。

　　沉醉在星光和自由中，它翻了一个筋斗往回飞。有一颗星星，长着两只胳膊和两条腿，在高原上行走，因为是他带给了自己自由，半尾感到自己和他之间有一种剪不断的牵绊。

　　半尾扑打着巨大的翅膀往回飞去，及时从血蝠手中救出了他，喷出闪电封闭了不断涌出蝙蝠的那个通道。

永远封闭了那里。

它对这个小东西心存感激。

但他却倒下了。

翁布罗若找不到一个理由让自己动起来。现在他再也不能和朋友们在一起了。

魔镜已经被这个赶来救他的蓝龙用闪电封闭了。虽然它的本意是阻止更多的怪物从里面飞出来攻击他，但这样一来，却永远封住了魔镜，让翁布罗若不能跟随巫师，也不能继续他的征途了。

独角兽也回去了。所有到达女巫王国的办法都没有了。

全都完了。现在他成了这个王国的囚犯，他再也不能为解放幻想王国和帮助他的朋友们做任何事情了。

莱古路斯、罗比尼娅还有丝碧卡。想到她，翁布罗若的心像被人揪了一下，好像失去了一件无比宝贵的东西，而他一直没有机会告诉她，她对于他是多么重要。翁布罗若赶走了这些念头，强迫自己行动起来。他必须不惜一切代价找到一个同斯特拉利乌斯和其他人会合的方法。而且，似乎是命运的一个玩笑，铃铛和罗盘还在他这里。

时间好像静止了，直到太阳重新升起，翁布罗若感到一阵寒冷。这时他才动了动，身体是麻木的。

他看了看胳膊，发现上面有血蝠造成的小小的伤痕，空气中弥漫着灰烬和死亡的压抑气息。

突然他听到一个声音。他转过身看到了半尾，庞大的身体盘踞在那里，锐利的黄眼睛看着他，研究着他，有力的爪子抓着地，微微打开的翅膀优雅地合在身体两侧，很明显它刚刚降落到他的身后，但翁布罗若几乎没有感觉到它的存在，完全沉浸在自己的思绪中。

翁布罗若没有感到害怕，现在他在龙的眼中看到的是忠诚、骄傲和公正，而之前那里只有凶狠和痛苦。它本可以吃了他，但他躺在地上几个小时，它并没有那样做。

他心中闪过了一丝微弱的希望。

龙的飞行速度可以和风一样快，能够在短短时间内穿越整个王国。他需要旅行，而他眼前就有一条龙。

翁布罗若站了起来，蓝龙也站了起来，仍然看着他。虽然知道不应该，但他还是对蓝龙感到恼怒：是它让魔镜永远关上了，很多年前他父亲的龙福尔米南特也一样，用闪电的力量关上了星星王国的魔法门。但这样做，就让他和朋友们，还有斯特拉利乌斯永远分开了。

翁布罗若转过身，拿上"毒药"，别在腰间。

他来到了海边悬崖前。

愤怒让他想把礁石砍成粉末，然而当他在黄昏时分看到它们时，他被迷住了。高耸的峭壁将波涛汹涌的大海围成一个小小的海湾，静河平静地流下，形成一道清澈的瀑布。

夕阳的余晖洒在浅色的礁石上，把它们染成了玫瑰色。

从地面吹向大海的风，像温柔的手推着他，好像在鼓励他出发。翁布罗若似乎听到远处传来了燕子的啁啾声。古老的侏儒王国再次自由了。

谁知道珑迪奈拉，侏儒们认为已经死去的仙女，是不是跟它们在一起。翁布罗若呼唤着她的名字，但没有人回答。他真的是一个人。

他转过身，看到半尾还在他身后。如果它想为他提供帮助，那他不应该拒绝。

半尾叫了一声。

接着它往前跳了一步，来到悬崖边，纵身一跃。翁布罗若颤抖了一下，只见半尾坠落下去，突然，它展开了翅膀，飞了起来，那场面如此壮丽，如此自由。它的翅膀在红色的天空中，如同水晶一般，发出火焰的光芒，它投入大海，掀起一大群新鲜跳动的鱼儿。尽管疲惫消沉，翁布罗若的脸上露出了笑容。

吉内普罗的书已经丢失了。据他所知，是食人怪拿走了，也可能更糟，被毁了。但他没有忘记里面的话：

骑士仍须前行
在汹涌的水上

展开玻璃的翅膀

不再面对死亡和痛苦

在出发之前他必须再等一等。在这种状态下出发，他会在遇到第一个困难的时候就垮掉。

他必须先养好伤，恢复力气，掌握骑龙的技巧。而半尾也需要发现飞翔的秘密，从漫长的囚禁中恢复过来。而且它还需要学着理解翁布罗若，因为在他们之间建立一种无声的友谊是非常重要的。

于是半尾像一个忠诚的伙伴一样跟着他，而它在高空飞翔的时候，则像一个远远的守护者。

翁布罗若利用这段时间在絮语森林做好了充分的准备。他同白桦林们聊天，得到了安慰和建议。他不应该忘了，他的朋友们能得到斯特拉利乌斯和法维拉的帮助，而他有足够的时间赶上他们。他的朋友们足够强，足以克服困难。

絮语森林提供给他一些有弹性、可以编成鞍的树皮，用来放在半尾身上。

终于他第一次尝试了飞翔。

翁布罗若把鞍固定在半尾背上，用缰绳牢牢绑好，以抵抗突然的上升和剧烈的震动。

不过实际上他并没有感受到这些，半尾用温柔的方式展开翅膀，飞了起来。

在夕阳微弱的玫瑰色光辉中，翁布罗若和半尾从悬崖起飞，跟随气流在天空滑翔。

翁布罗若屏住了呼吸：这样的体验真的太棒了，同时也难以置信，以至于他有些晕眩。

很快，他习惯了飞行。他想试着使用缰绳，告诉半尾方向，但没有必要：半尾好像能够读懂翁布罗若的想法，在告诉它任何指令之前，它就轻轻朝着正确的方向飞去了。

在天上，翁布

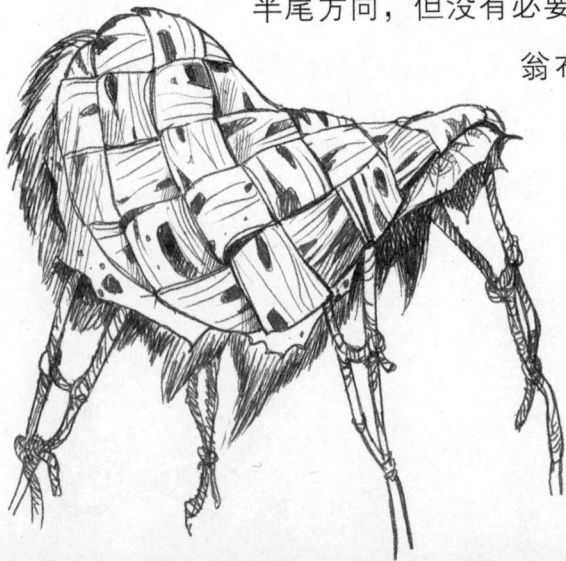

罗若和半尾融为了一体。

在第一次激动人心的飞行后，翁布罗若从半尾的背上下来了，他发现罗盘终于指明了一个新的方向。金色的指针指向悬崖的礁石，指着无边无际的大海的另一边，指向从未到过的土地，或许那里有新的奇遇和新的危险等待着。

他肯定，在那里他能找到他的根。

几个星期后的一个早上，翁布罗若带着少量的食物，把罗盘和铃铛安全地收在铠甲下面，把鞍放到了半尾背上，他想时机到了。

一切都准备好了。

弓、鹅、龙、剑将在最后的战斗中会合。

"我们走。"他温柔地对半尾说。

听到他的话，半尾张开了翅膀，在黎明金色的阳光下，像一张玻璃做的船帆。翁布罗若跳上了鞍，把

　　"毒药"别在腰间，准备感受风在脸上和发间拂过。

　　半尾起飞了，翁布罗若投入了蓝天的怀抱。

　　接着半尾拍了拍翅膀。它飞得很快，跟着气流一会升高一会降低，穿过小小的白云，迎着轻柔的风。很快、身后的土地越来越远，渐渐消失了。

半尾和翁布罗若的脚下是一望无际的深蓝色大海，仿佛一张起伏的巨大被子，倒映着半尾优美的曲线。

翁布罗若看着前方，遥远的地平线上将很快有新的大陆、新的王国出现，最终，是女巫王国。

他的命运在那里等待着他。

结 语

于是，勇敢的翁布罗若，
坐在高贵的蓝龙的翅膀上，
飞向了风暴海。
额头上自由的星星，
比任何时候都要明亮。
正义和勇敢的星星，
闪耀着友谊和爱的光芒！
为了找到走失的朋友们，他奔跑着，
迎着暴风雨和耀眼的阳光，
带着蓝龙
和希望。
一个新的时代开始了：
精灵和蓝龙再一次建立起了友谊，
玫瑰骑士再一次崛起，
为了打败女巫，

让自由与正义回到每一个地方！

反击的时刻将要来临：

弓、鹅、龙、剑，

即将面对黑暗之师！

法布鲁斯巫师《幻想王国》，第六本结语。

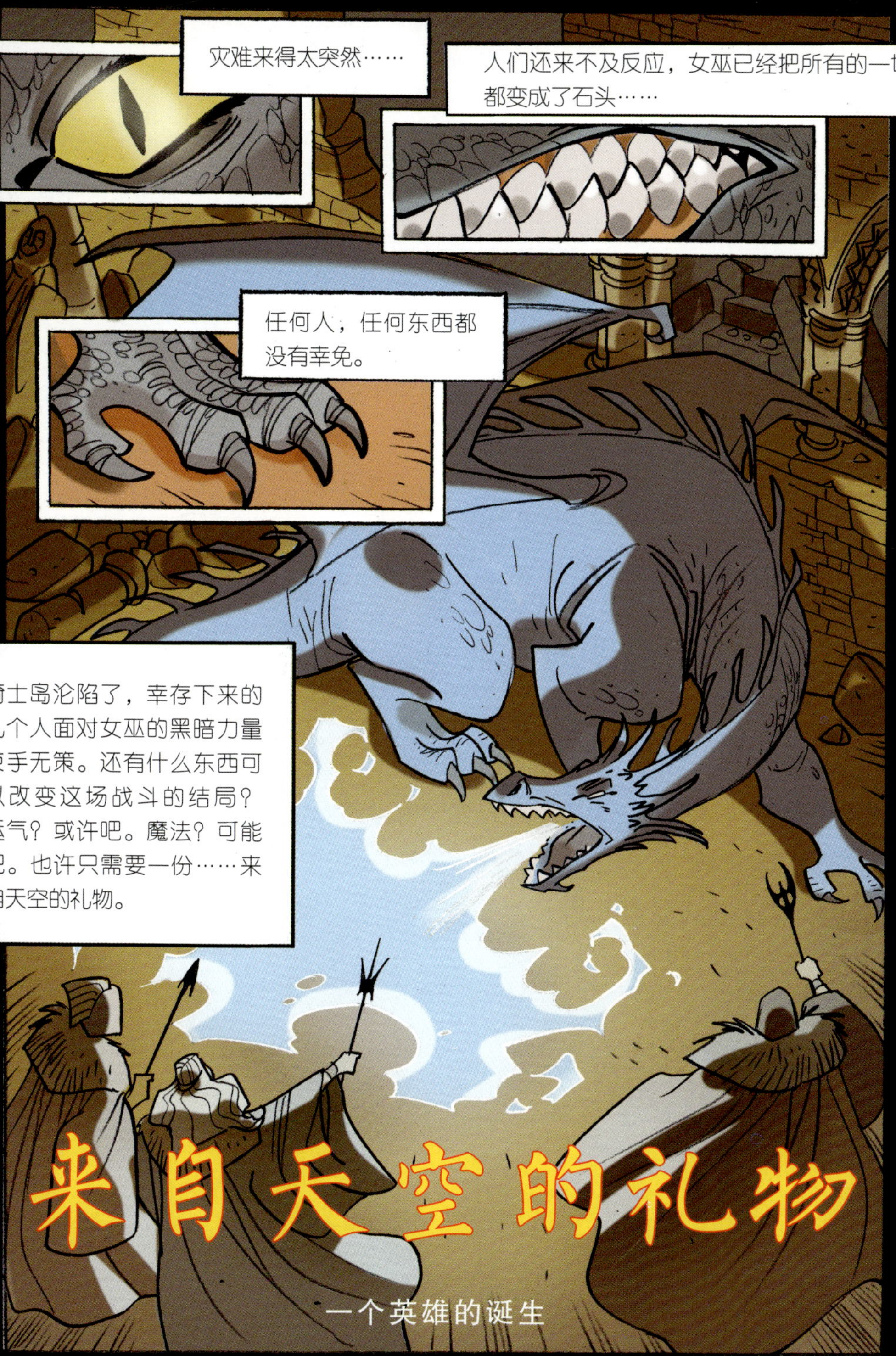

这个在风中被代代传颂的故事从这里开始……

一位母亲在与女巫战斗，为了它自己……

……和它的孩子的性命。作为高贵的蓝龙最后血脉的它还从未在幻想王国的天空翱翔过。

然而在那个时代，就算是龙也对抗不了黑暗力量和他们对毁灭的渴望。

蓝龙的命运就要走到终点，
这条小龙也不例外。

……如果那一刻，天空没有
送来这份礼物。

它就是蓝龙阿里坎特，这条无助的小龙的父亲。

与它同行的还有最后的玫瑰骑士中的一位，他的名字已经被遗忘，然而很多人都把他叫作"猎人"。

可他来得太晚了。古老的骑士岛上只剩下瓦砾和废墟。岛上的居民变成了一块块石头。无人幸免。

唯一留下的，只有看到同伴为保卫骑士岛而牺牲的痛苦。痛苦……

……和愤怒。

他们两个并不是唯一加入战斗的人：还有老师和他的龙"闪电"。他们都为自己没有早点回来而内疚不已。

但女巫并不打算给他们恢复和逃跑的时间，她们已经准备好了再次发起进攻。

女巫飞快地靠近。

这已不是骑士们第一次遭遇这种情况了。

阿里坎特也知道如何反应。

他们无数次击退了女巫。

从未被打倒。

然而这一次女巫的人数太多了，而且非常顽固。

阿里坎特明白它的生命就要终止了……

它最后的念头就是把自己的孩子托付给骑士。

骑士本可以救它……

……但命运会给每一个角色新的安排

有时候，某个人的不幸……

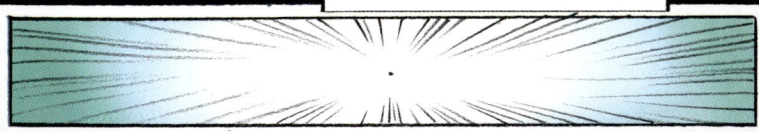

看到这个从天而降的受伤的小东西，夫妻俩都惊呆了。

它看上去很脆弱，同时龙的本性又使它充满了危险和攻击性。

他们立刻明白了。命运要他们照顾这个小家伙，并且保守这个秘密。

几个星期过去了，小龙渐渐恢复了活力。

侏儒夫妻给了它关心和爱。

但他们不能和别人说起它。

直到那一天晚上。那天晚上一切都变了。

那晚女巫和食人怪占领了
侏儒王国。

年轻的小龙不知道如何
控制自己的力量，它没
有思考就发起了进攻。
所有的侏儒都醒了过
来，他们本可以从这次
突袭中逃掉。

但骄傲的侏儒们没有投降。一些侏儒战士用自己的生命筑成了对抗食人怪的最后一道防线，让其他人可以逃生。

小龙也是这群勇敢的英雄之一，为了保护呵护它成长的人，它愿意做一切事情。

那天晚上只有最幸运的人逃脱了。

最不幸的人变成了俘虏。

那晚之后，又过了很多个星期，女巫和食人怪已经成为了这个王国的主人。

只有一小队侏儒还在反抗，他们藏进了森林里。

但食人怪并不在意，因为他们觉得自己比这群侏儒强大太多了。

他们严重轻敌了。

一天晚上，这群侏儒战士终于抓住机会夺回了本属于他们的东西。

他们重新成为了这片土地的主人……

夺回了他们的家园……

解救了成为囚犯的伙伴。

而她重新见到了她
以为再也见不到的
小龙。

她呆住了，但战争
不会等待任何人。

幸好她的爱人及时
赶来，他总是在保
护着她。

他们一起打败了食人怪。

然而敌人的救援部队很快就要来了，侏儒们重新躲进了避难所。

她本想留下……

但他叫她跟了上来。

于是他们说好：永远不再提起那条小龙。它太危险了，他们在森林里的避难所不能收留它。

他们决定抛下小龙。

但迷茫的小龙还是跟着他们。远远地，不让自己被发现。

它完全没料到会发生什么。

原来食人怪的头领并没有死。

他装死活了下来，还想把侏儒们从他们的藏身之处赶出来。

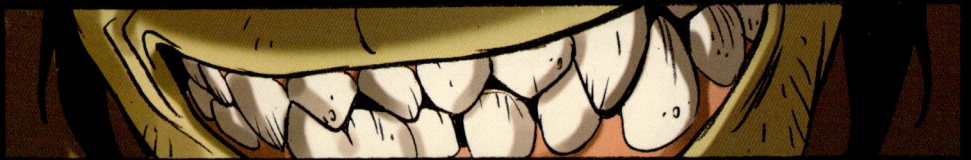

跟着小龙，他的目的就更
容易实现了。

小龙在森林里跑啊跑啊，终于闻到了她的气味……

……它找到了侏儒们的避难所。

然而也让食人怪找到了他们。

他们只能逃跑。

在逃跑的过程中，他被人潮推着往前走，而她被落下了。

女巫们教会了食人怪一些魔法，好让他们能够把侏儒全部歼灭。

他明白的时候已经太晚了。

她看着他，多么希望她的爱人能够跑得再快一点。

他看着她，多么希望能在食人怪施放魔法之前拥抱着她。

他的骨头变成了树根，但他不顾疼痛继续奔跑。

她也没有停下，直到她的脸变成了坚硬的树皮。

当风从合适的方向刮过来的时候，他和她能够用细长的枝叶触碰到对方。这就是可笑又残酷的命运。

侏儒们消失了，变成了现在的絮语森林。

然而还有人没有投降。

食人怪把它见过的最好的人变成了树，它一定要报复。

它胸中的愤怒在沸腾，面对发生的一切，它感到深深的自责。

那个食人怪要为此付出生命的代价。

然而付出了沉重代价的是它自己，食人怪的援兵砍断了它的尾巴。

邪恶再一次占据了上风。

侏儒们被封在了一个白桦树的监狱中。

而在小龙的心中，有什么东西死了。一个传奇诞生了：蓝龙半尾。

只有一样东西没有被摧毁：那就是希望。希望某一天，他和她能够再次拥抱，他们的王国能够从黑暗力量的手中被解放。他们在那里等待了很多年，因为他们知道，早晚有一天，他们会收到……来自天空的礼物。